Bianca

Pasión implacable
Susan Stephens

D1546080

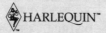

HARLEQUIN

Editado por HARLEQUIN IBÉRICA, S.A.
Núñez de Balboa, 56
28001 Madrid

I.S.B.N.: 978-84-671-7805-0
Depósito legal: B-2088-2010
Editor responsable: Luis Pugni
Preimpresión y fotomecánica: M.T. Color & Diseño, S.L.
C/ Colquide, 6 portal 2 - 3º H. 28230 Las Rozas (Madrid)
Impresión y encuadernación: LITOGRAFÍA ROSÉS, S.A.
C/ Energía, 11. 08850 Gavá (Barcelona)
Fecha impresion para Argentina: 30.8.10
Distribuidor exclusivo para España: LOGISTA
Distribuidor para México: CODIPLYRSA
Distribuidores para Argentina: interior, BERTRAN, S.A.C. Vélez
Sársfield, 1950. Cap. Fed./ Buenos Aires y Gran Buenos Aires,
VACCARO SÁNCHEZ y Cía, S.A.
Distribuidor para Chile: DISTRIBUIDORA ALFA, S.A.

Capítulo 1

PARA muchos la seguridad en uno mismo era el afrodisíaco más potente, pero para el hombre que el mundo del rugby apodaba «El Oso», la seguridad en sí mismo era sólo el punto de partida. Para tener seguridad en uno mismo había que ser valiente, algo que Ethan Alexander demostraba cada vez que se plantaba ante el mundo con las cicatrices que le desfiguraban en el rostro.

Un cambio recorrió en el Estadio Flaminio de Roma cuando Ethan se sentó a ver el partido que enfrentaba a Italia e Inglaterra en el Torneo de las Seis Naciones de rugby. Los hombres se irguieron un poco más en sus asientos, y las mujeres se sacudieron las melenas mientras se humedecían los labios pintados.

Sin El Oso cualquier partido, incluso uno internacional, perdía el aura de peligro que Ethan llevaba consigo. Alto, moreno, y con unas cicatrices en la cara que eran como su tarjeta de presentación, Ethan era mucho más que un ávido seguidor de rugby. También era un magnate internacional imparable, un hombre que desafiaba las pautas por las que se juzgaba al resto de la humanidad. A pesar de los estragos en su rostro, Ethan poseía un glamur vertiginoso nacido de una aguda inteligencia y una voluntad de acero. En sus ojos grises brillaba un fuego interior que despertaba deseos ocultos en las mujeres y envidia en los hombres, pero aquel día aquella pasión se había convertido en frustración al ser testigo de la fragilidad humana. ¿Cómo era posible que algo tan nimio como una garganta irritada obligara a Madame de Silva, la gran diva de talla internacional, a cancelar su interpretación del himno nacional británico en un acontecimiento como aquél?

Igual que una lesión en la columna vertebral puso fin a su carrera profesional como jugador de rugby, le recordó una vocecita en su interior con brutal sinceridad.

Por eso había contratado como sustituta a una joven cantante, Savannah Ross, que recientemente había firmado un contrato con la compañía discográfica que él dirigía, claro reflejo de su profundo amor a la música. Aún no la conocía personalmente, pero Madame de Silva se la había recomendado y en el departamento de *marketing* todos pensaban que sería la gran revelación de la siguiente temporada.

Gran revelación, sí, pero de momento Savannah Ross se había retrasado. Ethan echó una ojeada al reloj del estadio y empezó a dudar de su decisión de dar a la joven e inexperta cantante una oportunidad. ¿Sería capaz Savannah Ross de cumplir con un compromiso como aquél? Más le valía. Ethan había enviado su avión privado hasta Inglaterra para recogerla y sabía que la cantante ya estaba en el estadio. Pero ¿dónde?

* * *

Aquello no se parecía a ninguno de los teatros ni auditorios donde había cantado antes. Era un túnel lóbrego, alicatado con azulejos, que olía a pies sudorosos y tensión. Ni siquiera tenía un camerino decente para cambiarse, aunque en realidad era lo que menos le importaba. El hecho de estar allí significaba un gran honor, y todavía le costaba creer que en cuestión de minutos estaría cantando el himno nacional inglés para el equipo nacional de rugby. Si es que encontraba a alguien que le informara de dónde tenía que ir y cuándo.

Asomando la cabeza por la cortina del reducido cuartucho que le habían asignado, Savannah llamó en voz alta, sin obtener respuesta. Sin duda se habían olvidado de ella, y nadie le había informado de qué debía hacer, si esperar a que alguien fuera a buscarla o salir directamente al campo.

Al oír los gritos y voces del público en las gradas, Savannah supo que debía encontrar ayuda. Un grupo de empresarios avanzaba hacia ella por el túnel y decidió preguntarles.

—Perdonen...

Savannah no pudo decir más. Fue aplastada violentamente contra la pared como una mosca invisible. Los hombres estaban tan enfrascados en su conversación que ni siquiera repararon en ella. Hablaban del hombre al que llamaban El Oso.

El Oso...

Savannah se estremeció involuntariamente. Era el apodo del magnate que envió su avión privado a recogerla. Ethan Alexander, fanático del rugby y multimillonario de talla internacional, era un hombre soltero e inolvidable, una enigmática figura que aparecía regularmente en el tipo de publicaciones que Savannah compraba cuando quería soñar con hombres inalcanzables y amores imposibles. A pesar de todas las especulaciones, nadie había logrado adentrarse en la vida de Ethan, y cuanto más rehuía la publicidad, más intrigante resultaba para el gran público.

Tenía que dejar de pensar en Ethan Alexander y concentrarse en su problema. Para ahorrar tiempo, lo mejor sería ponerse el vestido y después ir a buscar ayuda antes de que los nervios le jugaran una mala pasada.

Volvió a asomar la cabeza por la cortina, pero el pasillo continuaba vacío, y ella se estaba quedando sin opciones. Si seguía gritando, no le quedaría voz para cantar. Si se ponía los vaqueros y salía a buscar ayuda, llegaría tarde al campo, y ella no podía dejar mal a Madame de Silva, la persona que le había recomendado para aquella importante ocasión. Ni tampoco a la selección inglesa ni a Ethan Alexander, el hombre que la había contratado.

Sí, se pondría el vestido. Al menos así estaría preparada.

Y por supuesto tampoco quería decepcionar a sus padres, que habían ahorrado el dinero necesario para comprarle el vestido, y a los que ella ahora echaba mucho de menos. Ojalá estuvieran allí con ella. Aunque donde más feliz era era en la granja con ellos, con su chubasquero y las botas de lluvia hundidas en el barro hasta las rodillas.

Al recordar el rostro ansioso de su madre, Savannah se dio cuenta de que lo que le aterraba no era cantar ante miles de personas, si no la posibilidad de hacer algo que pudiera avergonzar a sus padres. Los quería con toda su alma. Como muchos granjeros, los Ross sufrieron las consecuencias de la fiebre aftosa y con ellas la pérdida de todo el ganado, que fue sacrificado delante de sus propios ojos. Ahora, la mayor ambición de Savannah era devolverles la sonrisa a los labios.

Al oír su nombre por el sistema de megafonía, Savannah se tensó. Y cuando escuchó la almibarada descripción que el presentador hizo de ella como la joven de la garganta de oro y la melena a juego, hizo una mueca. El público aplaudió con entusiasmo, lo que no hizo más que confirmar sus temores de la decepción que se iban a llevar al verla. Porque ella no era en absoluto la rubia primorosa y delicada que las palabras del presentador habían sugerido, sino una chica de pueblo normal y corriente con serios problemas de confianza en sí misma, y que en aquel momento prefería estar en cualquier otro sitio excepto allí.

«¡Ponte las pilas!», se dijo con impaciencia mientras se abrochaba la cremallera del traje largo rosa que se ajustaba a su cuerpo voluptuoso y marcaba sus redondeces sin hacerla parecer más gorda. El traje había costado una fortuna que sus padres apenas se podían permitir. ¿Iba a decepcionarlos?

–¡No puede ponerse eso! –exclamó alguien abriendo la cortina.

Savannah dio un respingo.

–¿Le importa? –exclamó ella cubriéndose modestamente el pecho al ver al hombre de voz aflautada que acababa de aparecer ante ella–. ¿Por qué no puedo ponérmelo? –protestó.

Era un vestido precioso, pero el hombre la miraba como si llevara un saco de arpillera.

–Porque no puede –afirmó él sin más.

–¿Pero qué tiene de malo? –insistió Savannah.

–No es el vestido adecuado, y si yo le digo que no puede ponérselo, no puede ponérselo.

«¡Qué grosero!», pensó ella, y se le puso la carne de gallina mientras el hombre continuaba mirando su figura voluptuosa tras la fina cortina. ¿Se refería a que tenía demasiado escote? A ella siempre le costaba esconder el pecho, y desde su adolescencia detestó cómo se lo miraban los hombres. Era la primera en reconocer que el escote del vestido era ciertamente generoso, pero era una traje de fiesta para una actuación en público.

–¿Por qué no es adecuado? –preguntó ella manteniéndose firme.

–Al Oso no le gustaría –repuso el hombre, dando carpetazo a todas sus esperanzas de llevarlo.

A Savannah le dio un respingo el corazón. Salir al campo y que Ethan Alexander la mirara... Savannah había soñado con aquel momento, pero ahora que iba a hacerse realidad, se echó a temblar.

–No lo entiendo, ¿por qué no es el adecuado?

–Es rosa –dijo el hombre con el rostro impasible–. Tendrá que quitárselo.

A Savannah se le desencajó el rostro. Era un vestido precioso, y su madre había insistido en comprárselo, tras examinar detenidamente el laborioso trabajo realizado para su confección.

–¿Quitármelo?

–Soy consciente de que usted está aquí por una emergencia de última hora –dijo el hombre en un tono más amable–, pero debe saber que uno de los patrocina-

dores nos ha proporcionado el traje para la interpretación del himno nacional. De hecho, el vestido ha tenido
más publicidad que usted –añadió, menos amablemente.

–No me extraña –murmuró Savannah en voz baja.

A ella apenas le habían hecho ninguna, siendo como
era la suplente de última hora.

–Bueno, si ése el vestido que debo ponerme –dijo
ella adoptando una actitud más pragmática–, más vale
que lo vea.

No había ido a Roma para discutir, sino para cumplir con un contrato profesional, y los minutos pasaban
vertiginosamente. Por otro lado, debía reconocer que
El Oso era una persona muy importante para su carrera
profesional.

–Madame Como-se-llame estaba contenta con el
traje –dijo el hombre entregándole el traje oficial.

Savannah palideció al contemplar el vestido de Madame de Silva. Tenía que haberse dado cuenta de que
sería perfecto para la gran diva. Madame de Silva era
una mujer delgada que solía lucir trajes de la alta cos-
tura francesa.

–No creo que el vestido de Madame me vaya bien.

–Le vaya bien o no –insistió el hombre–, tiene que
ponérselo. No puedo permitirle salir al campo sin llevar el vestido que el patrocinador espera ver. Para él
éste es el escaparate perfecto para mostrar el diseño a
toda la audiencia televisiva.

¿Con ella dentro? Savannah dudaba de que ella
fuera la percha que el diseñador deseaba.

–Tiene que ponérselo –insistió el hombre.

Savannah empezaba a tener náuseas, y no sólo por
los nervios. En el argot de una granja, a ella se le cali-

ficaría de «sano animal de cría» mientras que Madame de Silva sería una elegante y grácil galga de carreras. Era imposible que el vestido le sentara bien, y mucho menos que ella cupiera en él.

–Lo intentaré –prometió ella con un nudo en la garganta.

–Buena chica –dijo el hombre asintiendo con la cabeza.

¿Dónde estaba la cantante?

Ethan frunció el ceño y echó un nuevo vistazo al reloj, cada vez más convencido de que Savannah Ross iba a dejarle plantado. Dentro de unos minutos el equipo inglés estaría preparado para salir por el túnel, y la banda de música ya estaba en el campo. El corpulento tenor contratado para cantar el himno nacional italiano respondía con reverencias y saludos a los aplausos del público, pero ¿dónde demonios estaba Savannah Ross?

El fabuloso y ceñido vestido de Madame de Silva tenía una banda blanca y azul sobre el hombro desnudo, como una banda real, pero Savannah tuvo que recurrir a un apaño más creativo. Si lograba descoser las puntadas quizá, sólo quizá, podría utilizarla para cubrir la inminente explosión de los senos, aunque hasta ese momento no parecía capaz de conseguirlo.

En cuanto a la cremallera...

Ni siquiera contorsionando los brazos en una postura que hubiera sido la envidia del gran Houdini pudo subirla. Asomó la cabeza por la cortina y pidió ayuda a gritos, sin obtener respuesta. Miró ansiosa por el túnel. El público estaba en silencio, lo que era una mala señal. Significaba que el partido estaba a punto de empezar, y antes ¡ella tenía que cantar el himno nacional!

—¡Oiga! ¿Hay alguien?

—Hola —respondió una joven animadamente apareciendo de la nada–. ¿Necesita ayuda?

Savannah sintió ganas de echarse a sus brazos y besarla.

—Si pudieras ayudarme a meterme en el vestido...

Savannah sabía que era una causa perdida, pero tenía que intentarlo.

—Tranquila —le tranquilizó la joven.

La salvadora de Savannah resultó ser una fisioterapeuta que le hablaba en un tono suave, sin duda para tranquilizarla.

—Estoy tratando de no perder los nervios —reconoció Savannah–, pero me he retrasado mucho y soy incapaz de meterme en este vestido.

—Veamos lo que podemos hacer, ¿de acuerdo? —dijo la joven riendo.

La fisioterapeuta no tardó mucho en tenerla dentro del vestido.

—Muchas gracias, ya puedo sola —dijo Savannah limpiándose la nariz y conteniendo la respiración–. Si es que no me estalla por los cuatro costados...

Mientras la fisioterapeuta recogía sus cosas y le deseaba buena suerte, Savannah contempló con consternación los metros de tafetán rojo sangre a sus pies y pensó que era una lástima que todos y cada uno de aquellos metros no estuvieran donde deberían estar.

Madame de Silva era mucho más alta que ella, pero ahora ya era demasiado tarde para pensar en ello.

–Más vale que salga –dijo la joven, como si le leyera el pensamiento–. Antes de que se le pase la entrada.

«¡No me tientes!», pensó Savannah.

Hizo una prueba para ver si el vestido le permitía, ya no cantar, sino únicamente respirar, y la conclusión no fue de lo más tranquilizadora.

Pero...

No había tiempo para peros. Savannah se armó de valor y echó a andar por el túnel con movimientos firmes, queriendo olvidar que el vestido que llevaba estaba sujeto con imperdibles y era de una talla la mitad que la suya.

¡Nada menos!

Capítulo 2

SAVANNAH había olvidado lo mucho que se le ensanchaba el diafragma cuando se dejaba llevar por la música y cantaba con tal entrega y pasión que era capaz de poner al público en pie. ¿Cómo podía haber olvidado algo tan elemental?

Seguramente porque cuanto le rodeaba era una masa borrosa de colores indistintos y de lo único que era plenamente consciente era de la figura morena y amenazadora del hombre más alto del banquillo del equipo inglés, la zona donde los jugadores del equipo permanecían mientras no jugaban.

Desde el momento que salió al campo supo exactamente dónde estaba sentado Ethan Alexander, y en quién tenía clavados los ojos. El hombre no había dejado de mirarla ni un momento, y ella se sentía atrapada en una mirada penetrante que era como un láser que la atravesaba y no se apartaba de ella.

Nerviosa, Savannah se humedeció los labios y respiró profundamente. Muy profundamente.

Los primeros imperdibles empezaron a soltarse, y enseguida quedó claro que la labor de la fisioterapeuta estaba destinada a sujetar vendas y no a apretar aquellos kilos de carne de más.

***

El estado de ánimo de Ethan Alexander cambió de forma radical en un momento, pasando de la irritación y la impaciencia a la más absoluta fascinación. El implacable multimillonario se convirtió en admirador de su nueva y joven sensación en cuanto escuchó las primeras notas. El público debía de estar de acuerdo con él, a juzgar por cómo escuchaban en silencio el himno nacional británico en boca de Savannah Ross. Cuando la joven salió al campo, fue recibida con gritos y silbidos. Al principio a él también le pareció ridícula, con el pecho asomándose por el escote de un vestido que le apretaba por todos los lados; pero enseguida recordó que el famoso vestido había sido confeccionado para otra persona, y que él tenía que habérselo advertido. Aunque ya era demasiado tarde para preocuparse de eso, y el aspecto de la cantante era lo menos importante, porque Savannah Ross los tenía, a él y al resto del público, rendidos a sus pies.

Savannah se negó a dejar de cantar, y continuó a pesar de notar cómo los imperdibles se iban soltando. Ella estaba allí para reflejar las esperanzas y sueños de un país, y eso era lo que iba a hacer, al margen totalmente del vestido.

Pero al prepararse para cantar las últimas notas llegó la catástrofe: el último imperdible se soltó y uno de los senos se liberó de la tela que lo ceñía y quedó libre, mostrando un pezón redondo y rosado. No hubo ni una sola persona entre el público que se perdiera el momento, ya que las imágenes estaba siendo trasmitidas a la vez por las dos enormes pantallas gigantes que

dominaban las gradas. Ella se echó a temblar de vergüenza, pero el público empezó a aplaudir con todas
sus fuerzas, lo que le ayudó a contener los nervios para
la última y potente nota aguda.

Empujado por un impulso incontenible de protección, Ethan se levantó del asiento y salió corriendo hacia el campo a la vez que se quitaba la chaqueta. Para
cuando llegó al lado de Savannah, el público empezaba a darse cuenta de lo que había ocurrido. Aunque
no ella. Con lágrimas de frustración en las mejillas,
Savannah luchaba para sujetarse el vestido. Cuando él
le habló y ella lo miró a los ojos, Ethan sintió algo que
hacía mucho tiempo, o quizá nunca, que no sentía. Sin
darse la oportunidad de analizarlo, echó la chaqueta
por los hombros femeninos y se llevó a Savannah de
allí, obligando al tenor italiano a empezar el *Canto de-
gli italiani*, el himno nacional del país anfitrión, antes
de lo esperado.

Al contrario de las mujeres que había conocido hasta
entonces, aquella joven Savannah Ross estaba teniendo
un profundo efecto en él. Cruzó el campo sin soltarle los
hombros mientras ella se esforzaba por seguirlo, casi
pegada a él pero sin tocarlo. Al pasar junto a las gradas, el público pareció volverse loco.

–¡Viva El Oso! –le aclamaron italianos y británicos
al unísono.

Aunque él no sabía si era un cumplido a su galante-
ría o al hecho de que Savannah Ross apenas podía
ocultar sus generosos pechos bajo un vestido que se le
había descosido a la vista de todo el mundo. Aunque a

él tampoco le importaba. Su objetivo era sacarla de allí, apartarla de las miradas lujuriosas de todos aquellos hombres que la miraban como si quisieran devorarla.

Para cuando Ethan llevó a Savannah al túnel que conducía los vestuarios, ésta no sabía dónde meterse. Se sentía ridículamente desnuda junto a un hombre famoso por su *savoir faire*. Ethan Alexander era un magnate despiadado de talla internacional, mientras que ella no era más que una chica normal y corriente que por un momento deseó que Ethan la hubiera conocido en la granja donde al menos ella sabía lo que hacía.

–¿Está bien? –preguntó él.

–Sí, gracias.

Ethan la sujetaba como si temiera que fuera a caerse. ¿Tan ridículamente débil y frágil la creía? Aquello era peor que su peor pesadilla, y casi suspiró aliviada cuando él le dio la espalda para hacer una llamada telefónica.

Las cosas no podían haber salido peor, pensó Savannah. Seguramente él llamaría a alguien que se ocupara de ella, que se la quitara de encima, y no se lo reprochaba. No había estado a la altura.

Todo lo contrario que él. Ethan Alexander era mucho más de lo que ella esperaba. En carne y hueso, resultaba una potente fuente de energía, una dínamo impulsada por una potente mezcla a base de sexo y adrenalina. Al menos ésa era la sensación que tenía ella. Ni las fotos publicadas en los periódicos ni las imágenes emitidas por televisión que ella había visto eran capaces de trasmitir toda su envergadura y su cautivadora presencia física. Pero lo más sorprendente fue cómo su contacto, tan ligero e impersonal, había dejado una marca indeleble en su cuerpo. Ethan apenas le había rozado el codo para sujetarla y le había colocado la chaqueta cálida por los hombros, pero ambos gestos fueron suficientes para provocar chispas de excitación e interés donde no debían.

La llegada de la joven fisioterapeuta ofreciendo su ayuda interrumpió sus pensamientos.

–No ha sido culpa tuya –le aseguró Savannah, con la esperanza de que Ethan le oyera. No quería que culpara a la joven de sus problemas–. Ha sido al respirar –explicó.

–Peor habría sido que no respirara –dijo la joven fisioterapeuta con una carcajada mientras se afanaba en sujetar de nuevo la tela del vestido–. Me alegro de que haya respirado, porque ha estado fantástica.

Savannah nunca había sabido cómo aceptar un cumplido. Ella no era más que una joven normal y corriente que, eso sí, contaba con una voz prodigiosa y extraordinaria.

–Gracias –dijo abriendo las manos en un gesto de modestia.

La joven le sujetó las manos y las sacudió con firmeza.

–No, no sea modesta –insistió–. Ha estado fantástica. Lo dice todo el mundo.

¿Todo el mundo? Savannah miró a Ethan, que seguía de espaldas a ella hablando por teléfono. Se apretó la chaqueta y sintió la reconfortante calidez de la tela. Respiró el suave olor a sándalo y especias que la prenda desprendía y suspiró. Acariciando las solapas que le colgaban casi hasta las rodillas, Savannah se dio cuenta de que a pesar de que la chaqueta era diez tallas más grandes tampoco lograba preservar su modestia, y, cuando él se dio la vuelta, ella se apresuró a cruzar los brazos para cubrirse.

–Bien, ya he terminado –dijo la fisioterapeuta–. Aunque dudo que los imperdibles aguanten mucho rato.

–Vale, vamos –ordenó Ethan después de dar las gracias a la joven.

–¿Adónde? –preguntó Savannah nerviosamente.

–Señorita Ross, sé que hace un momento ha pasado por un momento muy duro, pero hay paparazis por todo el estadio. No se preocupe ahora de su maleta –dijo al verla mirar preocupada por el túnel–. Alguien se ocupará de enviarle sus cosas.

–¿Adónde? –volvió a repetir ella.

–Venga conmigo, por favor.

–¿Adónde? –repitió ella por tercera vez.

La idea de ir con Ethan Alexander donde fuera la aterrorizaba. Era un hombre imponente, y su actitud era de impaciencia, pero al saber que el estadio estaba infestado de fotógrafos, la idea de no ir con él y quedarse allí sola a merced de algo incierto la aterraba todavía más.

–Por aquí –dijo él sin darle opciones.

–¿Dónde ha dicho que vamos? –intentó ella una vez más.

–No lo he dicho.

Savannah no estaba dispuesta a ir a ninguna parte con un hombre que no conocía, ni siquiera si ese hombre era su jefe.

–Vaya usted. Yo puedo arreglármelas sola. Llamaré a un taxi.

–Yo la he traído a Roma, y le guste o no, mientras esté aquí es mi responsabilidad –declaró él echando a andar con grandes zancadas.

Por su tono de voz era evidente que a él no le hacía ninguna gracia hacer de su ángel protector, pensó Savannah, lo que le hizo plantearse de nuevo si quería mantener el contrato con la compañía discográfica.

¡Claro que sí! ¿Estaba loca? No podía arriesgarse a perderlo. Era su gran oportunidad. Además, no había ido a Roma a sabotear su carrera profesional. Quizá los modales de Ethan fueran un poco bruscos, pero estaba allí por él, y además, ella no conocía Roma. Ni siquiera sabía cómo salir del estadio. Si su único interés era volver a Inglaterra lo antes posible, sin duda él era su mejor esperanza.

Cuando quiso reaccionar, Savannah tuvo que echar a correr para alcanzarlo, y cuando él se detuvo bruscamente, ella tuvo que frenar en seco y casi se dio de bruces contra él. Al levantar la cabeza, se encontró muy cerca del rostro masculino, y reparó que tenía unas cicatrices mucho más crueles de lo que ella recordaba. Pero en lugar de sentir ganas de retroceder, lo que la embargó fue una cálida sensación de bienestar en el corazón, un impulso casi primitivo de curar aquellas cicatrices, y de... ¿amarlo?

La situación se le estaba yendo de las manos, se dijo Savannah recuperando el control de sí misma. Entonces se dio cuenta de que Ethan la observaba con una clara advertencia en los ojos: mirarlo tan de cerca era un juego peligroso, y no se lo iba a permitir.

–Es importante que nos vayamos ya –dijo él por fin sacudiendo levemente la cabeza.

–Estoy lista –dijo ella dándose cuenta de que estaban al lado de una puerta.

–Pase.

Él la invitó a pasar abriéndole la puerta, sujetándola suavemente por la cintura y haciéndose a un lado.

Al salir, Savannah se detuvo y se llevó las manos a los ojos para protegerse del sol.

–¿Qué pasa? –preguntó él impaciente.

–Estaba buscando la parada de taxis –dijo ella, sin duda la opción más segura.

–¿La parada de taxis? ¿Quiere atraer más publicidad? –dijo él–. No se preocupe, señorita Ross, conmigo está a salvo.

Pero Savannah no estaba tan segura. Y por eso, sin pensarlo dos veces, giró en redondo y volvió a entrar en el edificio del estadio.

–¿Dónde va? –preguntó él extrañado.

–No se preocupe. Estoy segura de que podré encontrar a alguien que me dé el número de una compañía de taxis.

Ethan suspiró con resignación.

–Como quiera –dijo, y soltó la puerta, dejando que se cerrara de un portazo.

Furiosa, Savannah volvió a abrirla.

–¿Va a dejarme aquí? –preguntó desafiante ella.

–Eso es lo que quiere, ¿no? –dijo él a la vez que se alejaba–. Ya veo que no necesita mi ayuda...

–¡Espere! –gritó ella desde la puerta.

–¿Qué, ha cambiado de idea? –preguntó Ethan volviéndose.

–Necesito que me diga dónde está la parada de taxis más cercana –insistió ella con cabezonería corriendo tras él, algo que no era fácil con las sandalias de tacón de aguja y los metros de tafetán que se le envolvían como una serpiente roja alrededor de los pies.

–Encuentre a otro que le ayude –masculló él.

–¡Ethan, por favor! –suplicó ella tragándose su orgullo–. ¿De verdad puede sacarnos de aquí sin que nos vean los fotógrafos?

Lo último que Savannah deseaba era que sus padres la vieran fotografiada de aquella manera en las portadas de los periódicos.

–¿Que si puedo sacarnos de aquí? –repitió él mirándola con una seguridad en sí mismo que era toda una afirmación.

Sin dar más explicaciones, la sujetó del brazo y echó a andar de nuevo.

A Savannah se le escapó una exclamación de sorpresa.

–¿Dónde vamos?

–A buscar algo que viaja mucho más rápido que un taxi –dijo él sin aminorar la marcha.

¿A qué se refería?

¿A un helicóptero? Claro. Tenía que haberse dado cuenta. Como todos los multimillonarios, Ethan no utilizaba taxis para sus desplazamientos personales.

–¿Podemos ir un poco más despacio?

–Todo lo despacio que quiera, si su intención es que le encuentren los fotógrafos –dijo él sin aminorar el paso.

–¡Sabe muy bien que no es eso lo que quiero! –protestó ella furiosa.

«Savannah, tranquilízate. Así no conseguirás nada», se dijo.

Probablemente el helicóptero los llevaría directamente al aeropuerto, donde podría tomar un avión para regresar a Inglaterra. Así Ethan podría estar de regreso en el estadio para la segunda parte del partido, mientras ella volvía a casa sana y salva. Perfecto.

O al menos lo fue hasta que una puerta se abrió de par en par y los sabuesos de la prensa se abalanzaron sobre ellos.

—¡Por aquí! —ordenó Ethan, poniendo a Savannah delante de él.

Abrió una puerta, entró con ella, y al cerrarla de nuevo echó el cerrojo antes de empezar a subir las escaleras de dos en dos.

—Quítese los zapatos —le ordenó él al verla titubear al pie de las escaleras—. O mejor, arránqueles los tacones.

—¿Me toma el pelo? —preguntó ella.

Savannah no tenía la menor intención de estropear los zapatos que su madre le había comprado con tanta ilusión y esfuerzo.

—Haga lo que quiera con ellos —dijo él sujetándola de nuevo por el brazo y llevándola en volandas escaleras arriba—. Y súbase la falda, si no quiere tropezar —añadió abriendo otra puerta y saliendo al aire libre—. La falda, súbasela —repitió al verla inmóvil en el mismo sitio.

Savannah lo miró como si estuviera loco. ¿Qué se la subiera? A los fotógrafos les encantaría verla así, descalza y con la falda por las rodillas.

—¡Súbasela!

—¡Vale! —gritó ella reaccionando por fin.

Echó a andar, pero tuvo que detenerse un momento para quitarse las sandalias de altísimo tacón y recogerse la falda.

Al llegar a donde él estaba se dio cuenta de que, sin tacones, apenas le llegaba por el hombro.

–Venga, dese prisa –insistió él–. No tenemos tiempo que perder –la sujetó de nuevo por el brazo y tiró de ella.

Cruzaron el aparcamiento a toda prisa. Savannah jadeaba, incapaz de decir palabra, pero Ethan continuó mostrándose implacable cuando ella se zafó de él y se detuvo para apoyar las manos en las rodillas y recuperar el aliento.

–No hay tiempo para descansar –le aseguró él al verla.

–Aún no me ha dicho dónde vamos.

–¡No hay tiempo!

–Pero tiene un helicóptero esperando, ¿no?

–¿Un helicóptero?

Ethan levantó la cabeza hacia el tejado donde estaba el helipuerto.

En efecto, allí había un helicóptero, con el logotipo de un oso en la cola. Y un montón de periodistas arremolinándose a su alrededor, sin la menor intención de soltar su presa.

–Una útil maniobra de despiste –murmuró él con satisfacción.

–¿Y ahora qué? –preguntó ella sintiéndose al borde de un ataque de nervios.

–Ahora puede sentarse –dijo él sacudiendo unas llaves delante de su cara.

Sí, claro que sí, se dijo Savannah, Ethan tenía un coche preparado. Sin duda su chófer particular los sacaría de allí y los llevaría directamente al aeropuerto. Allí el helicóptero recogería a Ethan para devolverlo de nuevo al estadio, y ella estaría a salvo en un avión en dirección a Inglaterra.

Debería sentirse agradecida. Ethan había conseguido despistar a los fotógrafos y evitar que sus padres sufrieran más humillación.

Capítulo 3

PÓNGASE esto.

Savannah retrocedió y se quedó mirando lo que Ethan le entregaba.

–¿Qué es?

–Un casco –repuso él divertido–. Venga, póngaselo.

Inmóvil, Savannah lo miró sin reaccionar, y Ethan lo sacudió más cerca de su cara.

Entonces fue cuando ella reparó en la enorme moto aparcada junto a él y se echó a reír, nerviosa.

–No lo dice en serio, ¿verdad?

–¿Por qué no iba a decirlo en serio? –preguntó extrañado–. ¿No le dará miedo ir en moto, verdad?

–¡Claro que no! –protestó Savannah tragando saliva.

No, la moto no la asustaba. Pero ¿le daba miedo sentarse en una enorme y potente moto, con el cuerpo pegado al de Ethan?

–Pues si tiene alguna sugerencia mejor, señorita Ross... –dijo él colocándose el casco en la cabeza.

El casco le cubrió el pelo negro y rizado.

–Bueno, ¿quiere venir conmigo, o prefiere que la deje aquí? –preguntó él pasando una pierna por encima de la moto.

Savannah todavía seguía mirando los vaqueros ajustados que se sentaban cómodamente sobre el asiento de la moto.

–No... no –repitió con un balbuceo recordando el episodio de la puerta–. Voy con usted.

Levantándose la falda, logró tras varios intentos pasar la pierna sobre la moto, cosa que no era fácil, sin tocarlo.

–¿El casco?

Ethan se volvió a mirarla y Savannah pensó que tenía los ojos incluso más oscuros a través de la visera abierta. Algunos mechones rizados se escapaban del casco y le caían sobre las cicatrices de la frente.

–¡El casco! –repitió él con impaciencia.

Savannah pestañeó y se puso el casco. Pero los dedos no acertaban a atárselo.

–Permítame –se ofreció él.

Era lo más cerca que habían estado desde el estadio, y mientras él le abrochaba el casco bajo la barbilla, no dejó de mirarla a los ojos ni un momento. En los pocos segundos que tardó en terminar de hacerlo, toda ella se vio sometida a la envolvente fuerza de su energía y su poder.

–Sujétese bien –le ordenó él dándole la espalda y poniendo la moto en marcha.

Tras unos segundos, la moto salió rugiendo como un cohete entre los coches. Aterrada, Savannah rodeó con los brazos el cuerpo masculino y se pegó a él todo lo que pudo. Apoyó la mejilla en la camisa azul y cerró los ojos, poniéndose totalmente en sus manos.

Pero a medida que la moto ganaba velocidad, ocurrió algo sorprendente. Quizá fuera la vibración del motor, o la sensación de la espalda masculina en la cara, pero Savannah se relajó y empezó a disfrutar del viaje. Avanzaban a lo que parecía la velocidad del sonido, y no en línea recta. Porque no era sólo el viaje de su vida, se dijo sonriendo para sus adentros, sino lo más cerca que había estado jamás de una relación sexual.

Savannah se dejó llevar por la emoción del momento y respiró la embriagadora mezcla de sol, hombre y velocidad, decidiendo que aunque sólo fuera por una vez iba a dejar su sensatez a un lado y disfrutar cada segundo y cada sensación de aquel inesperado y vibrante viaje en moto.

Cuando se adentraron en el denso tráfico de los alrededores de Roma, Ethan tuvo que aminorar la velocidad y Savannah aprovechó la oportunidad para sentir el cuerpo masculino bajo los dedos. Era como acero cálido, con músculos que se movían bajo la camisa. Sonrió contra la espalda masculina, sintiéndose muy pequeña a su lado, preguntándose qué podría enseñarle un hombre como él.

La moto se ladeó dramáticamente al llegar al puente del Resurgimiento, sobre el río Tíber, y obligó a Savannah a inclinarse tanto que la rodilla casi le rozó el suelo. Al hacerlo se dio cuenta de que era la primera vez que confiaba ciegamente en alguien que no fuera un miembro de su familia. Pero con el sol de Roma en la cara y las emociones del día, ponerse en manos de un hombre tan apuesto y varonil como Ethan, no parecía tan malo, se dijo. Más aún, ¿quién querría viajar en helicóptero pudiendo hacerlo así?

Cuando Ethan levantó de nuevo la moto, ella se sentía tan a gusto que incluso se atrevió a volverse para ver si les seguían.

–Creía que le había dicho que estuviera quieta.

Savannah casi dio un salto del susto que se llevó al escuchar la voz de Ethan resonando en su cabeza a través de algún tipo de auricular en el casco.

–Sujétese –repitió él con dureza.

–Eso es lo que hago –le gritó ella.

Algo para lo que desde luego no necesitaba una excusa.

Giraron de nuevo a la derecha y continuaron río arriba por el lado opuesto de Tíber. Ethan aminoró la marcha cuando llegaron a la Plaza del Mariscal Giardino, donde había otro puente, y atracado bajo el mismo una potente y moderna lancha motora.

No.

¡No!

Savannah sacudió la cabeza, negándose a dar crédito a sus ojos. Aquélla no podía ser la siguiente etapa del viaje.

–Vamos –dijo él en cuanto aparcó la moto en el embarcadero.

Mientras ella se desabrochaba la tira de sujeción, Ethan le levantó la visera y le quitó el casco. Brevemente, los dedos masculinos le rozaron la cara, y ella tembló. Lo miró a los ojos, y por primera vez vio que él la observaba con expresión diferente, como si fuera algo más que un paquete que debía entregar en el aeropuerto. La sospecha de que por primera vez podía verla como mujer la llenó de una inquietud que apenas pudo disimular. Por ello le dio la espalda y fingió concentrarse en arreglarse el pelo.

Todavía llevaba las sandalias colgando de la muñeca como una pulsera, y al verlas recordó a su madre.

Su madre era una mujer valiente que no se dejaba ame-
drentar por nada. Sin duda ella sabría sacar el máximo
provecho de aquella inesperada y maravillosa oportunidad. Ella haría lo mismo, se dijo con firmeza.

–¿Piensa subirse a la lancha hoy o vamos a tener
que esperar hasta mañana?

Ethan ya estaba dentro de la embarcación, preparado para zarpar.

–Suba de una vez, si no quiere obligarme a desem-
barcar a buscarla.

–Ahora voy –gritó ella–. Espere.

–No esperaré mucho rato –le aseguró él–. No le
asustará un poco de barro, ¿verdad?

¿A ella, el barro? Era evidente que Ethan no la había visto en la granja.

–¿Qué clase de lechuga cree que soy?

–Créame, prefiere que no se lo diga –repuso él serio.

–No soy un delicado jarrón de porcelana –le aseguró ella, levantándose el vestido y echando a andar
por el embarcadero de madera hacia la lancha.

–No me diga –dijo él con sarcasmo estirando los
brazos para sujetarla por la cintura.

–Apártese –le advirtió ella–. No necesito su ayuda.

Fue un alivio verlo levantar las manos con las palmas hacia fuera en gesto de rendición. Ya había tenido
suficiente con el contacto físico entre ambos durante el
trayecto en moto para empezar el viaje en la lancha en
sus brazos.

Lástima que él no pensara lo mismo. Porque sin
darle tiempo a reaccionar, Ethan se había bajado de la
lancha y la estaba alzando en el aire.

–Déjeme –protestó ella.

Ethan continuó caminando rápidamente hacia la embarcación haciendo caso omiso de sus protestas.

–No puedo vivir a su ritmo, señorita –le aseguró él–. Si piensa seguir conmigo, tendrá que aprender a moverse mucho más deprisa.

Savannah no tenía ninguna intención de seguir con él más de lo que fuera estrictamente necesario. Pero, pegada como estaba al cuerpo cálido y sólido de Ethan, un cuerpo que vibraba de...

–Por favor, déjenme –murmuró otra vez, cruzando los dedos para que no le oyera.

Pero Ethan tampoco reaccionó, ni aminoró la marcha hasta que los dos estuvieron a bordo y él la dejó sobre cubierta.

–La carrera continúa –dijo él cruzando los brazos–. Y no tengo intención de rendirme ni permitir que nadie me detenga. ¿Está claro?

–Como el agua.

–Bien.

Savannah se pasó las palmas de las manos por los brazos, donde todavía tenía marcadas las manos masculinas.

–Bien, señorita Ross, ¿preparada para zarpar?

–Cuando quiera –dijo ella, viéndolo apoyar una pierna en la pared.

–Voy a quitar las amarras –explicó él saltando a tierra–. ¿Sabe sujetar una cuerda?

¿Qué se creía que era, una inútil?, pensó Savannah con frustración.

–Aunque tenga las manos pequeñas, tengo los pulgares opuestos.

¿Fue una sonrisa lo que se dibujó en el rostro masculino? Por un momento eso le pareció, pero Ethan ya le había dado la espalda.

–En ese caso, sujete –ordenó él lanzándole la soja, mucho más gruesa y pesada de lo que ella había imaginado.

Pero Savannah fue capaz de sujetarla y enrollarla tal y como él le indicó que lo hiciera. Más satisfacción le dio la expresión de admiración en el rostro masculino.

–¿Tiene un suéter, o algo que pueda prestarme? –le pidió ella después.

Ethan la miró de arriba abajo y arqueó las cejas. Savannah se ruborizó.

–Sí, entiendo –murmuró él–. Veré si le encuentro algo. Creo que tengo una camisa por aquí... –Ethan cruzó la cubierta y al pasar a su lado la rozó.

Los pezones femeninos reaccionaron instantáneamente al breve contacto y ella tragó saliva.

–¿Le vale esto? –dijo él volviéndose y dándole un trozo de tela enrollado.

La camisa era enorme para ella, pero a falta de otra cosa no le quedaría más remedio que ponérsela. Lo bueno era que tenía el leve pero inconfundible olor de la colonia de Ethan. Y de su cuerpo.

–Es perfecta, gracias –dijo ella.

Se la puso y vio que le llegaba casi a las pantorrillas, pero al menos le cubría el cuerpo. Inhalando la fragancia masculina, Savannah dejó escapar un suspiro de satisfacción y se cerró la camisa por delante. Por fin pudo esbozar una sonrisa de satisfacción.

* * *

Ethan quedó atónito al ver a Savannah con su camisa. Le quedaba gigantesca, prácticamente parecía un vestido, pero estaba... adorable. De hecho, estaba como él la hubiera imaginado si acabaran de acostarse juntos. Llevaba casi todo el pelo suelto y el maquillaje corrido, lo que le hacía unos ojos enormes que destacaban en el rostro perfecto en forma de corazón. Los labios ligeramente hinchados, como si lo hubiera realizado durante horas. La camisa la cubría y desdibujaba por completo, desde luego, pero él sabía lo que había debajo, y eso no ayudaba en absoluto.

Era difícil creer que ahora era la primera vez que se fijaba bien en ella, cuando ella le pidió la camisa. Y no podía apartar los ojos del cuerpo sensual y voluptuoso.

Savannah se tensó al notar la mirada cálida de Ethan en ella. ¿En qué estaría pensando? ¿Que tenía unos kilos de más? ¿O en que era una molestia y un incordio del que quería deshacerse cuanto antes? ¿O una vaca sin gracia ni estilo?

Savannah puso freno a su imaginación y se sentó.

—Ahora me lo pongo —dijo cuando vio a Ethan mirar el cinturón.

Pero fue incapaz de abrocharlo.

—Me parece que no puedo —reconoció frustrada.

Quizá porque le temblaban incontrolablemente las manos al tenerlo tan cerca.

—¿Quiere que se lo abroche? —se ofreció él.

Se inclinó hacia ella alargando la mano, y Savannah tuvo la sensación de que estaba jugando con fuego. El pelo de Ethan era tan denso y brillante que deseó hundir los dedos en él y acariciarlo. El olor masculino le llenó los sentidos, y el contacto de sus manos... fue casi imperceptible.

–¿Ya está? –preguntó ella al ver que el cinturón estaba abrochado y en su sitio.

Él arqueó las cejas en un interrogante.

–Gracias –dijo ella, volviéndose hacia el otro lado, fingiendo apartarse el pelo de los ojos para ocultar su turbación.

Entonces lo notó subirle la camisa por la piel desnuda hasta el hombro.

–¿Segura que no tendrá frío? –preguntó él–. En el río baja mucho la temperatura.

«O sube hasta hacer estallar el termómetro», se dijo ella.

–Estoy bien, gracias –repuso ella mirándolo, consciente de que tenía el vello de la nuca erizado y la piel de gallina.

Tampoco se le pasó por alto la boca masculina, la más seductora que había visto.

Capítulo 4

QUÉ HACE? –preguntó Ethan, que acababa de poner la lancha en mitad del río y surcaba velozmente las aguas.

Savannah había elegido aquel momento para desabrocharse el cinturón, lo que obligó a Ethan a aminorar la velocidad.

–Llamar a mis padres.

–¿Qué? ¡Ahora no! –exclamó él gritando por encima del ruido del motor.

–Estarán preocupados por mí.

Preocuparse por un familiar era una idea tan ajena a él que Ethan tardó un momento en responder.

–Siéntese, Savannah, y vuelva a abrocharse el cinturón –dijo con los dientes apretados–. Hablará con ellos más tarde.

Ella obedeció, pero detectó la ansiedad en su voz. Así como el deseo de protegerla que sintió en el campo del estadio, ahora más intenso. Su firme intención de mantenerse distante y lejano en todo momento, porque ella era joven e inocente y él no, se estaba diluyendo a gran velocidad. El calor femenino era demasiado intenso, y estaba demasiado cerca.

–Yo hablaré con ellos –dijo él para tranquilizarla.

Sí, sus padres estarían preocupados, después de ver lo ocurrido en televisión.

–Podrá hablar con ellos después de que lo haga yo –dijo él–. Pero ahora siéntese.

Ethan se aseguró de que llevaba el cinturón abrochado antes de tomar de nuevo velocidad. Le hizo gracia ver cómo ella se cubría las piernas con las mangas de la enorme camisa, como si sintiera la necesidad de ocultar cada centímetro de su cuerpo de él. Pero eso no evitaba que para él, siendo tan hombre como era, ella fuera toda una distracción.

–¡Esto es genial! –exclamó ella entusiasmada cuando la proa de la lancha se alzó sobre el agua y la lancha surcó las aguas a toda velocidad.

A Ethan le gustó verla tan relajada, e incluso se permitió una sonrisa al recordar el comentario de los pulgares opuestos. Ella era mucho más de lo que había imaginado en un principio.

Lo que fuera exactamente quizá correspondiera a otro hombre descubrir, porque aquello era únicamente un servicio de transporte para apartar a Savannah del peligro lo antes posible, se recordó con firmeza.

Sólo estaba allí porque no tenía otra alternativa, se dijo Savannah mientras la lancha avanzaba velozmente por el río. Se alegraba de haber sido capaz de sujetar la cuerda y demostrar a Ethan que no era una inútil, sobre todo después de la debacle en el estadio.

Cerrándose la camisa, hizo ademán de desabrochar una de las sandalias que llevaba en la muñeca.

–Aquí no se las puede poner –dijo él gritando para hacerse oír por encima del ruido del motor.

Savannah levantó la cabeza.

–Pero tengo los pies muy sucios y le voy a dejar la cubierta hecha un cuadro –dijo ella.

–Es mejor que no se las ponga –dijo él mirándola.

Por un momento Savannah imaginó sus pies descalzos recorriendo los muslos musculosos de Ethan y entrelazándose con él sobre unas sábanas blancas y recién planchadas.

Tragando saliva, rápidamente recobró la compostura y dobló los pies debajo del asiento. Menos mal que llevaba la camisa de Ethan, porque el traje de Madame de Silva estaba descosido por varias partes y aún la favorecía menos.

Si al menos supiera coquetear...

¿Coquetear?

Por suerte él no iba a darle la oportunidad, dijo la parte sensata de su ser con un suspiro de alivio.

En ese momento Ethan miró hacia atrás, quizá temiendo que les siguieran los paparazis. Ella también lo temía, aunque con Ethan al timón se sentía a salvo. Con la camisa remangada, la imagen de los brazos fuertes y musculosos le daba seguridad, y también despertaba en ella sensaciones desconocidas.

A medida que avanzaban por el río, se vio alejarse de todo lo conocido y adentrarse en un mundo de sombras habitado por un hombre al que apenas conocía. Y no pudo evitar la sensación de que se dirigía hacia el peligro a una velocidad desorbitada.

Había muchas cosas que Ethan no necesitaba en la vida, y la primera de ellas era aquella joven de modales suaves y formas redondeadas cubierta con una de sus viejas camisas. Aunque Savannah era una mujer luchadora, y eso en lugar de ser negativo, le resultaba más bien un punto a su favor. También era una mujer familiar, preocupada más por sus padres que por ella misma. La miró de soslayo y la vio mirándose los pies. Sin duda la carrera le había estropeado la pedicura, y eso la preocupaba.

Notando su mirada, Savannah levantó la cabeza. Ethan debería alegrarse de no poder mantener una conversación con ella debido al ruido del agua. Llevaba demasiado tiempo solo y no le interesaba hablar por hablar. Su pasión por el rugby, uno de los deportes más duros, lo definía. La mayoría de sus negocios se llevaban a cabo entre grúas y materiales de construcción.

Todos le apodaban «El Oso», y no tenía nada en común con Savannah. A excepción de la música que los dos amaban y que proporcionaba un tenue vínculo entre ambos.

Obligado a girar el timón para evitar a unos niños que jugaban con una pequeña barca hinchable, le sorprendió la reacción de su cuerpo cuando Savannah se sujetó a él para no perder el equilibrio.

–Perdón –exclamó ella apartando la mano como si quemara.

Pero fue él quien se quemó. Savannah estaba haciendo estragos con su libido y en lugar de gritarle que se sentara, aminoró la velocidad para comprobar que estaba bien.

–Ahora sí –le aseguró ella, y los dos se volvieron para comprobar que los niños también estaban a salvo.

Sus miradas se encontraron un momento y él supo reconocer la inocencia y la ingenuidad que brillaban en ella.

–No es tan malo como lo pintan, ¿verdad? –dijo ella sorprendiéndolo profundamente.

Ethan apretó los labios y se encogió de hombros, reprimiendo el impulso de sonreír. Llevaba demasiado tiempo aislado de todo lo que fuera suave y femenino, viviendo según sus propias reglas y preferencias masculinas, y sin tener en cuenta los sentimientos de nadie.

–¿Malo? Eso no me lo había dicho nunca nadie.

Era como si ella lo viera con ojos distintos del resto del mundo. Sonrió. No pude evitarlo. Y sin mirarla supo que ella también estaba sonriendo.

Pero rápidamente empezó a analizar seriamente los hechos. ¿Necesitaba aquel tipo de distracción en su vida? Savannah era una mujer muy joven, y todavía tenía mucho que aprender. Además, ¿quería tener la atención del mundo centrada en él, cuando había logrado evitarla durante tanto tiempo? Sólo había ido al partido para apoyar a sus amigos del equipo inglés, y con una punzada de envidia recordó la época cuando sus sueños de ser un miembro más de la selección no estaban tan lejos de hacerse realidad.

Desde entonces había aprendido a adaptarse a la realidad, pero los hechos seguían allí: las lesiones producidas durante la paliza que le dio una banda de matones a sueldo impidieron que los médicos del club pudieran firmar los documentos necesarios para el seguro y para que él continuara su carrera profesional. Por eso su carrera terminó brusca e inesperadamente.

Claro que Savannah no tenía la culpa de eso. Por muy atraído que se sintiera por ella, no podía mancillarla con su desgracia. Lucharía contra aquella atracción. Algunos dirían que él necesitaba a una mujer como Savannah, pero él sabía que lo último que Savannah necesitaba era a un hombre como él.

–Siento que se haya perdido el partido –dijo ella.

–No se preocupe, veré la repetición más tarde.

–Pero en la pantalla no se siente igual el olor de la emoción.

Ni los estragos del fracaso, ni el resplandor del triunfo... Sí, eso lo sabía, pero le sorprendió que ella fuera consciente de ello.

–No pasa nada.

–Sí que pasa –insistió ella–. Ahora estaría mejor si no llega a ser por mí –afirmó con el ceño fruncido, tirando de algunos hilos de la camisa.

Ethan prefirió no continuar con la conversación. Prefería lamerse las heridas en la soledad de su guarida, una guarida llena de amargura y conflictos sin resolver, y tampoco quería cargárselos a nadie, y menos todavía a una joven inocente como Savannah.

–Ver jugar al equipo inglés debe de ser a la vez una pasión y un tormento –continuó ella.

¿Por qué no lo dejaba de una vez?

–Puede –dijo él, aceptando que no lo hacía para herirlo.

Todo el mundo sabía que las lesiones de columna habían puesto fin a su carrera.

–Puede dejarme aquí, si quiere. Así ahorrará tiempo.

–Más ahorraría si la dejo ir nadando hasta la orilla –respondió él seco.

La expresión femenina se iluminó, y eso le gustó. No quería intimidarla, aunque probablemente ya lo había hecho con su aspecto físico. Lo que debería hacer era atracar y llamarle un taxi para que la llevara al aeropuerto. Apartarla de él cuánto antes y para siempre.

Pero el sonido de unas hélices le hizo cambiar de opinión. El helicóptero de los paparazis se oía lejano pero acercándose rápidamente, y Ethan sólo tuvo tiempo para acelerar y gritar a Savannah que se sujetara.

–¿Nos han encontrado?

Oh, sí. La carrera empezaba de nuevo, y él no pensaba dejarse pillar.

–Sí, nos han encontrado –confirmó él–. Sujétese fuerte.

Las gotas de agua le salpicaban el pelo y los ojos, y tenía los nudillos blancos de lo fuerte que se estaba sujetando. Si antes estaba nerviosa, ahora estaba aterrorizada. La amenazante sombra del helicóptero de los paparazis los perseguía para ofrecer al mundo una imagen totalmente falsa de la situación. Para más inri, Savannah se vio obligada a sujetarse a Ethan mientras éste aceleraba al máximo llevando la lancha hasta el límite, que avanzaba con la proa levantada río arriba entre las corrientes que amenazaban con desestabilizarlo.

Desde que ella llegó a Roma, pensó Savannah con remordimientos de conciencia, a Ethan todo le había salido mal, y aunque apenas la conocía él había insistido en luchar por ella ignorando el coste personal. ¡Seguro que ya se había arrepentido!

Capítulo 5

CUANDO la fuerza del oleaje amenazó el delicado equilibrio de la lancha, Ethan apretó protectoramente el brazo sobre los hombros de Savannah. Al principio ella se tensó, pero enseguida se relajó. Ethan no podía imaginar hasta qué punto le afectaba su instinto de protección. Sobre todo viniendo de un hombre tan frío y distante.

Pero pronto llegarían al aeropuerto y ella no sería más que un distante recuerdo. Por fin parecía que el helicóptero se alejaba.

–¿Se les habrá acabado el combustible? –preguntó ella.

–Me temo que eso es ser muy optimista –murmuró Ethan–. Supongo que ya han conseguido las fotografías que buscaban.

–¿Cómo puede tomárselo con tanta calma? ¿No le preocupa?

–No me gusta perder el tiempo pensando en cosas que no puedo cambiar.

–¡Pero ha sido una invasión de su intimidad! –exclamó ella furiosa–. ¿No piensa protestar de alguna manera?

Los labios de Ethan se curvaron en una sonrisa.

–Espero que no me esté sugiriendo que intente censurar la libertad de prensa.

–Claro que no, pero...

–¿Pero? –la miró con una ceja arqueada.

–Bueno, yo no puedo hacer nada –dijo ella, desinflándose.

–No es necesario –señaló él–. Ahora ya ha pasado y yo me ocuparé de que no vaya a más.

–Está bien –dijo ella, más tranquilizada–. Pero mis padres estarán destrozados. ¿Y si los periodistas van a su casa y empiezan a aporrear la puerta? –preguntó, dándose cuenta de que podía ser una posibilidad real–. Ethan, tengo que llamarlos.

Ethan sintió envidia de la estrecha relación que debía de mantener con sus padres, y no quiso interponerse.

–Primero hablaré yo con ellos para asegurarles de que todo está bien, y después habla usted –sugirió él.

–¿De verdad?

Ethan asintió.

–¿Me da su número de teléfono?

Savannah recitó las cifras que él fue marcando en el móvil mientras pensaba lo afortunada que era de tener una familia que la quería y pensaba en ella.

–No tenía que haberlo hecho –dijo ella minutos después cuando terminó de hablar con su madre.

–Quería hacerlo. Es lo mínimo que puedo hacer –dijo él.

–Ha sido muy amable.

–No es nada –dijo él concentrándose de nuevo en la lancha–. Sólo les he dicho que mi equipo de abogados se ocupará de cualquier intromisión por parte de la prensa y les he asegurado que usted está a salvo conmigo.

–Les ha dado su número privado.

–¿Cómo si no me iban a llamar?

–Bueno, gracias –repuso ella con sinceridad.

–Su madre parecía más tranquila –dijo él.

Sus palabras se vieron recompensadas cuando el rostro de Savannah se suavizó en una sonrisa.

–Tengo que hacer otra llamada –dijo Ethan volviéndose ligeramente.

De perfil, se veían mucho más las cicatrices de la cara, y Savannah se preguntó cómo y quién habría podido hacerle algo tan cruel. En el tiempo que llevaba con él, había notado una parte de su fuerza. Ethan era más alto, más musculoso y más fuerte que la mayoría de los hombres que conocía. ¿Quién pudo haberse atrevido a atacarlo? Sin duda tuvo que ser un grupo nutrido de hombres. Matones profesionales, seguramente, cuya intención era dejarlo al borde de la muerte y arruinar para siempre su carrera como jugador de rugby profesional.

Ethan terminó de hablar por teléfono y guardó el móvil.

–¿Vamos al aeropuerto? –preguntó ella al darse cuenta de que la lancha se dirigía hacia un afluente del Tíber.

–Primero al aeropuerto, y después a mi casa de La Toscana, hasta que todo este asunto se tranquilice.

–¿La Toscana?

–A menos que prefiera que la deje a merced de la prensa.

Ethan la miró y a ella le dio un vuelco el corazón. Miles de mujeres en todo el mundo se arrancarían los ojos por la oportunidad de estar tan cerca de Ethan Alexander e incluso ser invitadas a su casa, y ella respondía como si la idea de estar con él la horrorizara.

–Claro que no –protestó ella–, pero ya se ha molestado demasiado por mí.

–Por eso un poco más de molestia no me preocupa –le aseguró Ethan en tono seco.

Quizá la falta de entusiasmo masculino no respondía a sus fantasías, pero la sugerencia de Ethan era lo más sensato. Y su casa en La Toscana sonaba de lo más romántico. Lástima que fuera sólo un sonido.

–¿Está seguro de que no le sería más fácil mandarme directamente a Inglaterra?

–Si vuelve a Inglaterra, no podré proporcionarle ningún tipo de protección –explicó él–. Por eso también he organizado algo para sus padres.

–¿Organizado? ¿Qué ha organizado? –preguntó Savannah ansiosa.

–He pensado que un crucero los apartaría de los ojos de los curiosos hasta que todo este asunto se pase.

–¿Un crucero? –exclamó Savannah–. ¿Lo dice en serio?

–¿Por qué no iba a decirlo en serio?

Savannah sintió ganas de pellizcarse para cerciorarse de que no estaba soñando. O de que sí.

–¿Me está diciendo que les ha reservado unas vacaciones en un crucero?

–Es la mejor solución que se me ha ocurrido –dijo él, como si no tuviera ninguna importancia.

Savannah sonreía de oreja a oreja.

–No tiene ni idea de lo que significará para ellos –exclamó ella entre entusiasmada y agradecida–. No recuerdo la última vez que fueron de vacaciones. Ni siquiera sé si han estado más de dos noches fuera de la granja.

–¿La granja?

–Vivo con ellos en una granja de la campiña inglesa –dijo ella–. Supongo que lo habrá visto en la dirección de mi contrato.

–Muchas direcciones llevan la palabra «granja» –dijo él–, sin que eso signifique nada.

–Pues en este caso significa exactamente eso –dijo Savannah, con la voz cargada de emoción–. Una granja en medio del campo.

–Bueno, me alegro de haber acertado –dijo él.

–Ya lo creo que sí –dijo ella en voz baja, recordando todas las veces que había deseado poder pagar a sus padres unas vacaciones.

La terrible pérdida de todo su ganado por culpa de la fiebre aftosa sumió a sus dos progenitores en una profunda depresión de la que sólo lograron salir gracias al apoyo de las personas maravillosas que trabajaban con ellos. Ahora esas mismas personas volverían a apoyarlos, permitiéndoles tomarse las vacaciones que tanto merecían.

–No tiene ni idea de lo que ha hecho por ellos –aseguró Savannah a Ethan.

Él restó importancia a su decisión, como ella esperaba, pero su generosidad merecía al menos que ella le contara lo ocurrido en los últimos meses en la granja, incluido cómo sus padres habían visto sacrificar a todo el ganado por culpa de la terrible epidemia, unos animales que ellos conocían por su nombre.

–Tuvo que ser muy duro –comentó él–, y no sólo a nivel económico.

Fue un momento emotivo e infrecuente, pero Ethan apenas tuvo tiempo de disfrutarlo. Tenía que informarle de que probablemente sus maletas llegarían al *palazzo* antes que ella.

—Un momento —le interrumpió Savannah—. ¿Ha dicho *palazzo*?

De todas las sorpresas del día, aquélla era la más grande.

—En La Toscana hay muchos *palazzos* —explicó Ethan, restándole importancia, pero Savannah continuó mirándolo con incredulidad hasta que por fin él reconoció—: Vale, está bien, no me mire así. Tengo una casa en La Toscana que es muy bonita.

—Es usted un hombre muy afortunado —dijo ella.

A raíz de lo que Savannah acababa de contarle de sus padres, Ethan supo que era cierto. Y además allí tendrían espacio de sobra para los dos, recordó él.

—Hábleme del *palazzo* —dijo ella, incapaz de apartar los ojos de sus sensuales facciones.

Viéndola mirarle a los labios, Ethan se volvió.

—En otro momento —dijo, aliviado al ver a su chófer exactamente donde le había pedido, aparcado junto al embarcadero—. Primero desembarcamos y se lo contaré todo en el avión.

Pero no fue hasta que se vio de nuevo en tierra, sentada en el asiento posterior de la segunda limusina del día, cuando Ethan se volvió para responder a su pregunta.

—El *palazzo* se llama *Palazzo dei Tramonti Dorati*.

—Menudo nombre —se echó a reír Savannah tratando de repetirlo en italiano, consciente de que Ethan seguía con los ojos el movimiento de sus labios al intentar pronunciarlo.

—No está mal —dijo él cuando terminó, felicitándola por su acento.

–¿Qué significa? –preguntó ella con curiosidad.

–El Palacio del Atardecer Dorado.

Ethan no pensaba iniciar una conversación con ella, pero ¿cómo no hacerlo si ella resplandecía de placer con cualquier cosa?

–¡Qué romántico! –exclamó Savannah.

–Sí, es una construcción muy antigua y romántica –dijo él, consciente de que se estaba dejando llevar por el entusiasmo de la joven, y disfrutándolo.

Ethan jamás olvidaría la primera vez que vio el *palazzo*, pero entonces no había tenido a nadie con quien compartir sus sensaciones. Ahora quizá fuera el momento de hacerlo.

–Al atardecer las torres adquieren un evocador tono rosado –explicó él–. El *palazzo* está situado en un valle precioso bañado por el sol, y el pueblo medieval que lo rodea está habitado por gentes maravillosas que aprecian las cosas sencillas de la vida.

Y que le habían dado la bienvenida al lugar con los brazos abiertos, recordó él con gratitud.

–Es incluso más afortunado de lo que pensaba –confirmó ella cuando él terminó.

–Sí, bueno... –balbuceó él, diciéndose que quizá había ido demasiado lejos.

No le gustaba presumir de sus propiedades y riquezas, ni siquiera mencionarlas.

Ethan era un hombre lleno de sorpresas. Su sensibilidad se hizo patente en cuanto empezó a hablar del *palazzo*. El magnate pilotaba aviones, conducía veloces motos y lanchas motoras, y dominaba a la perfección el idioma italiano. La idea de que lo hiciera todo bien y fuera capaz de tanta pasión la hizo estremecerse.

Y tenía que frenarse de una vez por todas, se dijo Savannah. Una cosa era tener sueños eróticos con él y otra considerarlo como una realidad, sobre todo cuando ella reservaba su virginidad para algún granjero sensato y sensible, y sólo después de casarse.

–¿Tiene calor? –preguntó él al ver el rubor que le cubría las mejillas–. Si quiere, puede bajar la temperatura.

Savannah se mordió el labio para ocultar la sonrisa.

–¿Qué tiene tanta gracia? –preguntó él con suspicacia.

¿Que qué tenía tanta gracia? Ethan había sido elegido por la mayoría de las mujeres como el hombre con quien se irían a la cama, y ella era la mujer con quien la mayoría de los hombres habían decidido no irse a la cama, y eso tenía gracia, ¿o no?

–Le he hecho una pregunta, Savannah –repitió él serio–. ¿Es por mis cicatrices? –insistió–. ¿Le ponen nerviosa?

Savannah se dio cuenta de que Ethan no había entendido nada.

–Por supuesto que no –repuso ella.

Aunque no sirvió de nada. Ethan ya no escuchaba.

–¿Por eso está reprimiendo la risa? –insistió.

–¡Ya se lo he dicho! ¡No! –respondió ella sosteniéndole la mirada.

Era la primera en reconocer que se sentía un poco intimidada por él, incluso que la asustaba un poco, pero eso tenía más que ver con su falta de experiencia sexual que con las cicatrices.

–Veo al hombre, no las cicatrices –declaró ella sin andarse por las ramas.

En los confines de la limusina, la risa de Ethan resonó con fría crueldad.

Probablemente fruto de un recuerdo del pasado, se dijo Savannah negándose a morder el anzuelo. A veces era mejor no decir nada, y para convencer a Ethan de que ella era más que lo que él creía hacía falta algo más que palabras. Ella conocía muy bien el valor del trabajo, y estaba acostumbrada a ensuciarse las manos. Y a no dejarse intimidar por casi nada.

Capítulo 6

AL ACERCARSE al final del largo viaje en coche desde Roma, los dos permanecían en silencio y Ethan percibió la intranquilidad de Savannah. A pesar de lo entusiasmada que estaba ante la idea de conocer su *palazzo*, en aquellos momentos estaba seguro de que ella tenía sus dudas sobre lo que le esperaba. Ethan siempre había sido un hombre muy intuitivo. Al menos eso le decía su madre, y lo volvió a repetir cuando le dijo, con la mano apoyada en la bola de cristal que tenía en la mesita junto a su cama, que iba a casarse por cuarta vez.

Con siete años Ethan le había suplicado que no lo hiciera, convencido de que sería una decisión desastrosa tanto para su madre como para él mismo. Pero su madre se limitó a sonreírle e ignorar sus palabras. El matrimonio fue un fracaso. Las palizas empezaron el día que su nuevo «papá» regresó de la luna de miel. Aquel septiembre Ethan volvió al internado, y probablemente era el único niño de toda la clase aliviado por no tener que vivir con sus padres.

¿Por qué lo estaba recordando en aquel momento? ¿Quizá porque por primera vez desde el final de su carrera profesional como jugador de rugby deseaba tener un cuerpo sin cicatrices, ni internas ni externas? ¿O porque no creía que Savannah Ross fuera, en su inocencia, capaz de conocer los horrores que ocultaba celosamente en su interior?

De repente se dio cuenta de que el chófer le estaba diciendo algo y tuvo que concentrarse en responder.

A pesar de todo, Savannah continuaba siendo una distracción que no podía permitirse, se dijo, y menos si quería mantenerse distante cuando llegaran a su destino.

El verde intenso de los majestuosos cipreses contrastaba con los campos amarillentos de La Toscana, y Savannah se estaba preguntando si sería capaz de encontrar allí la suficiente distracción para apartar de su mente su mayor obsesión, cuando su mayor obsesión se volvió y le habló:

–Llegaremos al *palazzo* en el momento perfecto.

–A la puesta del sol –supuso Savannah.

Siguió con los ojos la mirada masculina y esperó con impaciencia la aparición del edificio. En el cielo, los tonos anaranjados y violáceos se mezclaban espectacularmente y envolvían el paisaje en una belleza abrumadora. Nerviosa, se dio cuenta de que Ethan también vibraba de expectación, y por mucho que intentara mantenerse serio todo el tiempo, un esbozo de sonrisa le había suavizado la expresión.

–Cuando crucemos el río, verá el *palazzo* en aquella dirección.

Ethan señaló hacia unas colinas y ella se irguió en el asiento, tensa y expectante.

–No se pierda la llegada –continuó él al ver su interés–. Es más que espectacular.

–No –murmuró ella, sabiendo que aquél era uno de aquellos momentos maravillosos de su vida.

Pero sólo acertó a medias. Cuando el *palazzo* apareció ante sus ojos, se dio cuenta de que la majestuosa edificación sobrepasaba todas sus expectativas y contuvo el aliento con admiración. Alzándose como una leyenda entre la bruma, una carretera serpenteante llegaba hasta un antiguo puente de piedra y después a las altas murallas. Una cristalina corriente de agua se deslizaba colina abajo por un cauce rocoso y pasaba bajo el puente. Cuando lo cruzaron, Savannah pensó que los inquietos remolinos eran como escamas que reflejaban los rayos del atardecer.

–Ahora entenderá de dónde le viene el nombre al *palazzo* –dijo Ethan sin poder reprimir el entusiasmo.

–Perfectamente –susurró ella.

Las torres y almenas del *palazzo* del Atardecer Dorado aparecían enmarcadas en el fuego rojizo del atardecer, y ni siquiera su fértil imaginación había podido imaginar algo tan esplendoroso. El *palazzo*, una edificación de piedra rosada, brillaba cálidamente bajo el sol rojizo del atardecer y parecía darles una calurosa bienvenida.

–¿Qué piensa? –preguntó Ethan.

A Savannah le extrañó que su opinión le importara, y se emocionó profundamente, aunque rápidamente se recordó que no debía darle demasiada importancia.

–Me parece espectacular –respondió ella con total sinceridad–. El color de la piedra es extraordinario.

–¿Rosa?

La nota de ironía en su voz la hizo sonreír.

–Debe reconocer que no es muy frecuente –dijo ella tratando de ocultar el placer que le producía la idea de alojarse en un *palazzo* rosa, y más en uno tan hermoso como aquél.

–La piedra es rosa porque hace millones de años todo este valle era un profundo golfo marino –explicó Ethan–. El tono rosado se debe a los millones de conchas y fósiles atrapados en las rocas.

–Qué explicación tan mágica –murmuró Savannah.

Y romántica, añadió para sus adentros mientras Ethan se acomodaba en el asiento para disfrutar del último tramo del viaje.

–El *palazzo* del Atardecer Dorado –repitió ella en voz baja cuando la limusina pasó suavemente desde el asfalto de la carretera a las serpenteantes calles adoquinadas del pueblo.

–¿Ve los restos de las murallas originales? –preguntó Ethan volviéndose hacia ella de nuevo.

Su entusiasmo quedaba medio oculto por el tono académico de la pregunta, pero a Savannah no se le pasó por alto y no fue necesario que Ethan le dijera con todas las palabras lo mucho que amaba a aquel *palazzo*.

–Sí, los veo –dijo ella pegando la cara contra la ventanilla.

En algunas partes apenas quedaban restos de lo que habían sido las murallas originales, pero en otros se conservaban algunos tramos prácticamente completos.

–Buena parte de la estructura data de tiempos medievales –continuó Ethan.

¿Igual que la forma de pensar de su dueño?, se preguntó Savannah. ¿Qué sería necesario para que Ethan la viera como una mujer adulta y no únicamente como el nuevo descubrimiento de su compañía discográfica? Aunque, ¿estaba segura de querer que él la viera así?

Ella no tenía forma de imaginar las consecuencias de despertar el deseo y atraer las atenciones sexuales de un hombre como Ethan, y cuando la limusina aminoró la velocidad para atravesar un estrecho arco de piedra, Savannah se dijo lo afortunada que era de que su estancia allí fuera a ser breve. Una estancia más larga la llevaría inevitablemente a enamorarse de él.

Los paparazis pronto encontrarían otras historias y ella podría volver a Inglaterra, a seguir con su vida de siempre. Pero, si tan segura estaba, ¿a qué se debían los escalofríos de impaciencia ante la idea de estar unos días con Ethan?

A que estaba cansada, se dijo con firmeza.

—Esta puerta se llama la Puerta de Monteguzzo.

Savannah prestó atención a las palabras de Ethan, y cuando estaba a punto de responder, le rugió el estómago.

—¿Tiene hambre?

—Mucho —reconoció ella, sin acordarse de cuándo había comido por última vez.

Ethan se dirigió al chófer en italiano, que asintió adentrándose cada vez más en un territorio y un mundo que él dominaba completamente, y yendo hacia aquellas altas murallas de piedra que rodeaban el castillo de cuento de hadas al que se dirigían.

* * *

Oh.

A Savannah se le hundió el corazón en cuanto entró en el vestíbulo del *palazzo*. Apenas se veía nada. ¿Acaso no tenía electricidad? Apenas lograba distinguir las caras de los criados de Ethan mientras éste le mostraba el lugar.

El interior de *palazzo* parecía salido de una película gótica de terror, y la sensación de decepción que la embargó al llegar a la culminación de un recorrido espectacular fue indescriptible. Pero lo que más le preocupaba era que Ethan eligiera vivir así.

Prácticamente a oscuras, el ama de llaves la condujo a la planta superior por la escalinata de mármol. Prefería el caos soleado de la granja de sus padres a aquella lobreguez espectacular con los ojos cerrados.

Quizá debería ofrecerle algunos consejos de decoración, pensó cuando la mujer le indicó el pasillo a oscuras.

—¿No le preocupa que tropiecen con las alfombras? —susurró discretamente a Ethan.

—Ni siquiera se me había ocurrido —respondió sorprendido.

—A mí sí —dijo ella preocupaba.

El ama de llaves se detuvo frente a una puerta de roble tallada.

—¿Y si alguien lleva una bandeja con tazas de té o vasos y tropieza? Es peligroso, Ethan —insistió ella—. Aquí no hay prácticamente nada de luz.

—Hasta ahora nadie se ha quejado.

Savannah sabía que era mejor quedarse callada, pero ya era hora de que alguien se quejara, y el personal de servicio no iba a hacerlo.

Entonces se dio cuenta de que ella debía ser uno de los primeros invitados en ir al *palazzo* en mucho tiempo.

El ama de llaves la sonreía expectante, y Savannah sonrió a su vez. Ethan se movía inquieto, como si no pudiera entender por qué el ama de llaves tardaba tanto en abrir la puerta. Pero Savannah lo entendió perfectamente cuando ésta por fin reveló la sorpresa.

—Señorita, ésta es su habitación.

Savannah no necesitó de la radiante sonrisa de la mujer para saber que alguien se había molestado en hacerla sentir bienvenida en aquella casa.

—¿Mi habitación? —preguntó Savannah desde el umbral con admiración—. ¿Lo ha hecho por mí? El contraste entre la habitación bien iluminada y el resto del *palazzo* era increíble.

—Muchas gracias —dijo.

Pero cuando se volvió a mirar a Ethan, se dio cuenta de que él estaba tan sorprendido como ella. Ethan tampoco lo esperaba.

Alguien debía de haber abierto las ventanas y encendido todas las luces. La chimenea estaba encendida y las llamas iluminaban los maravillosos óleos antiguos que colgaban de las paredes. También había varios ramos de flores recién cortadas repartidos por la habitación.

—Gracias, muchas gracias —exclamó Savannah volviéndose a sujetar las manos del ama de llaves.

—Usted nos trae música, señorita, y nosotros a cambio sólo podemos ofrecerle flores.

—¿Cómo que «sólo»? —exclamó Savannah con lágrimas en los ojos—. Para mí esto es maravilloso.

El ama de llaves le había dado algo que el dinero no podía comprar, y su bienvenida era sentida. Consciente de que Ethan estaba de pie a su lado, y también de que no le gustaban las muestras abiertas de emoción, trató de reaccionar más convencidamente.

–Es usted afortunado. Tiene unas personas estupendas a su servicio.

Seguro que la creía una impertinente, pensó Savannah al oírse, pero tenía que decir algo, porque el personal de servicio había creado un oasis de luz y belleza para ella en aquel frío y lóbrego *palazzo* sumido en la oscuridad. Ahora ella quería hacer lo mismo por él.

A él le sorprendió la iniciativa de sus empleados. Lo único que había hecho fue llamarlos, explicar la situación y pedirles que prepararan una habitación para Savannah Ross. Tenía que haberse dado cuenta de que el amor de los italianos a la música significaba que ellos sabían quién era ella, y de que estarían encantados de tenerla en su casa como invitada.

Al recorrer con la mirada la habitación de Savannah, Ethan empezó a reparar en detalles que hasta entonces se le habían pasado por alto, como la mesa del teléfono, de madera de caoba y una superficie de mármol veteado en tonos blancos y rosa. La había comprado con el *palazzo*, y era el ejemplo perfecto de un trabajo manual bien hecho. Savannah tenía razón: gracias a la luz, tanto el mobiliario como el resto de los objetos se revelaban en todo su esplendor. Aunque la verdadera diferencia estaba en ella, pensó observándola mientras recorría la habitación siguiendo al ama de llaves. Savannah llevaba consigo la luz e irradiaba luminosidad por todas partes.

Embargado por unos sentimientos que creía enterrados desde hacía mucho tiempo, Ethan decidió que tenía que poner cierta distancia entre ellos y dio una excusa para retirarse.

Pero Savannah se negó a dejarlo marchar tan pronto.

–No sé cómo darle las gracias por invitarme a alojarme en un lugar tan maravilloso –dijo ella.

–Pues no lo haga. Esto no tiene nada que ver conmigo –dijo él restando importancia a sus palabras.

–Se equivoca –le aseguró ella–. Esto tiene mucho que ver con usted.

Él se encogió de hombros.

–En este caso, es usted quien se equivoca. Éstas son unas habitaciones preciosas, pero nada más. Las han aireado un poco y las han iluminado, eso es todo. Hacía tiempo que yo no pasaba por aquí, así que lo había olvidado.

–Pero no volverá a olvidarlo, ¿verdad? –insistió ella–. Al menos ahora que han encendido las luces.

Ethan le dirigió una mirada que la paralizó. Era una advertencia para que no volviera a pasarse de la raya. El contacto entre ellos era eléctrico, y cualquier cosa hubiera podido pasar si el ama de llaves no hubiera tosido discretamente en aquel momento.

Volviendo bruscamente a la realidad, Ethan se dio cuenta de que Savannah todavía llevaba puesta su vieja camisa sobre el vestido de gala.

–¿Puede traerle una bata a la señorita Ross, por favor? –pidió al ama de llaves.

Quería a Savannah tapada. Cubierta de la cabeza a los pies. La pálida piel de la garganta lo estaba inquietando. Savannah todavía llevaba las sandalias colgando de la muñeca, como una niña con una pulsera de juguete.

–Dese un baño –ordenó él bruscamente–, y después use ese teléfono para pedir que le suban algo de comer.

–¿Usted no va a comer? –preguntó ella.

–Quizá más tarde –dijo él, sin querer alargar más la conversación.

–¿Dónde cenará? –insistió ella cuando él fue a volverse para marchar.

Ethan ni siquiera se lo había planteado.

–En mi habitación –dijo él, diciendo lo que hacía normalmente.

–¿En su habitación? –preguntó ella extrañada–. Perdón, no es asunto mío.

No, no lo era. Afortunadamente en aquel momento volvió el ama de llaves con la bata, lo que interrumpió la conversación.

–Buenas noches, señorita Ross.

–Llámame Savannah –dijo ella, tuteándolo, harta de tanta formalidad.

–Savannah –repitió él su nombre como una caricia–. Que duermas bien.

–¿Te... te veré por la mañana? –preguntó ella tras una breve vacilación–. ¿En el desayuno?

–Ah... –Ethan se detuvo en la puerta–. Ya veremos.

–Que duermas bien, Ethan. Y gracias de nuevo por permitirme alojarme en tu preciosa casa.

¿Quién debería dar las gracias a quién?, se preguntó él, al ver la cara radiante de su ama de llaves.

–Buenas noches, Savannah –dijo poniendo fin a la conversación.

Y cerró la puerta sin mirarla. No necesitaba una segunda dosis de la radiante expresión de Savannah para saber que ella le había derribado todas las defensas.

Capítulo 7

SAVANNAH esperó a que los pasos de Ethan se alejaran por el pasillo antes de preguntar tímidamente al ama de llaves:

–¿Cree que sería posible poner más luces?

–¿Más luces, señorita?

–Sí, en el *palazzo*. A excepción de mi dormitorio, todo está muy oscuro, y he pensado que sería más seguro para todos.

El ama de llaves estudió la cara de Savannah antes de decidir.

–Venga conmigo, señorita.

Al salir de la habitación, el ama de llaves llamó a uno de los criados, que miró sorprendido a Savannah al conocer su petición. Mientras se alejaba, el ama de llaves miró a Savannah.

–Está empezando una revolución –le confió guiñándole un ojo.

–Oh, Dios mío.

–No, es bueno.

–¿Usted cree?

Aunque no estaba tan segura de que Ethan estuviera de acuerdo con ella.

Savannah se acercó al primer interruptor.

Necesitó un esfuerzo para bajarlo, pero cuando lo hizo...

–*Bellissima!* –exclamó el ama de llaves retorciendo las manos–. Esto es lo que el *palazzo* estaba esperando.

Después, con pasos rápidos, las dos mujeres y el joven criado salieron en diferentes direcciones, encendiendo todos los interruptores, como niños traviesos. Era como levantar el telón de un teatro, pensó Savannah al final.

–¡Es increíblemente maravilloso! –exclamó Savannah cuando volvieron a su habitación, contemplando la gran transformación que habían creado.

–Sí, señorita. Ha hecho usted un milagro.

–Un milagro muy pequeño –dijo Savannah con una sonrisa–. Sólo he encendido las luces.

–A veces es lo único que hace falta –observó la mujer mayor astutamente.

Las dos mujeres se intercambiaron una sonrisa antes de que el ama de llaves volviera a sus labores, después de hacer prometer a Savannah que la llamaría si necesitaba algo.

Cuando se quedó sola, Savannah reflexionó sobre lo que acababa de hacer. Sin duda debía alegrarse de que todos aquellos hermosos tesoros que guardaba el palazzo, los frescos de las paredes y las esculturas de los pasillos, lucieran ahora en todo su esplendor.

¿Pero qué pensaría Ethan? ¿Le complacería, o por el contrario, le irritaría? ¿Le molestaría su continua interferencia? Ella no era más que una invitada, y por muy poco tiempo. Savannah creía saber por qué Ethan evitaba la luz, pero a ella le preocupaba la seguridad en los pasillos de la casa. Las zonas más íntimas, como las habitaciones de Ethan, podían permanecer en penumbra.

En el fondo, Savannah creía que todo el mundo necesitaba luz. Y lo mismo el *palazzo*. De hecho, ya había visto los resultados de la transformación. Una casa necesitaba luz, amor y música, y así era como debía ser la vida en el *palazzo*.

Savannah se dio un largo baño de espuma. Después de darse cuenta de lo hambrienta que estaba, y hasta que le subieran la cena, un baño era la distracción perfecta de las punzadas de hambre y de las posibles repercusiones de su interferencia en la casa de Ethan.

Girando los grifos con los dedos de los pies, se hundió un poco más bajo la espuma. Quizá la historia no tendría un final feliz, pero de momento ella tenía un alojamiento de cuento de hadas, pensó mientras se dejaba sumergir en un mundo fantástico de imágenes eróticas en las que Ethan era el absoluto protagonista.

Más tarde, envuelta en la bata de algodón, se miró en el espejo.

Qué fácil era imaginar la cara sombría de Ethan cuando lo veía en la penumbra que dominaba la casa. Era una tortura saberlo tan cerca, y casi imposible no imaginarlo desnudo bajo la ducha. Una ducha de agua fría, porque Ethan evitaba todo lo que considerara superficial.

Frotándose vigorosamente el pelo, Savannah se acercó a la chimenea y se arrodilló delante para secárselo. Allí pensó sobre el complejo carácter de Ethan.

Aparentemente, todo lo que necesitaba era una cama limpia y un lugar donde encerrarse, quizá con una televisión gigante para ver los partidos de rugby que se había perdido. Quizá fuera el legado de las terribles cicatrices que le hacían ignorar por completo su propia comodidad.

Pensar en las cicatrices siempre la enfurecía. ¿Quién se lo habría hecho? ¿Quién podía hacer algo así a otro ser humano?

«¿Por qué no se lo preguntas?», dijo una vocecita en su interior.

Porque la vida no era tan sencilla.

Pero podría serlo, si iba a buscarlo y hablaba con él.

Tumbándose de espaldas sobre la alfombra, Savannah contempló el artesonado del techo. Todo el *palazzo* podía lucir así, cuidado y restaurado, en todo su esplendor. O continuar siendo frío y dominado por las sombras.

Sentándose de nuevo, Savannah se abrazó las rodillas y se quedó mirando las llamas que chisporroteaban en la chimenea. Las cosas podrían cambiar, si ella lo intentaba. Por imposible que pareciera, ahora al menos sabía que podía contar con la ayuda de algunos miembros del servicio.

Impaciente, se puso en pie. Apenas sabía dónde iba, pero al cruzar la habitación notó que se iba animando. Estiró los brazos y giró sobre sus talones, contemplando la habitación ultrafemenina que le habían asignado. Todo lo que no estaba cubierto de pan de oro o de cristal, estaba tapizado en seda, satén o terciopelo, en los tonos pasteles más exquisitos. Sonriendo de oreja a oreja, fue hasta la puerta y la abrió.

–¡Ethan!

–Savannah.

Por su tono de voz supo que estaba furioso. Savannah se sintió inmediatamente culpable, descalza delante de él y cubierta únicamente con la bata. La sonrisa de sus labios murió al instante.

–¿Qué has hecho? –preguntó él con irritación.

–Me estaba bañando –dijo ella desviando la mirada.

–¡No me refiero a eso!

Savannah se apretó la bata, consciente de que la mirada de Ethan clavada en ella exigía una respuesta.

–Me refiero a las luces –explicó él–. Supongo que tú eres la responsable.

–Sí, yo las he encendido. Por favor, no te enfades con el servicio, Ethan –le rozó el brazo–. Ellos no han hecho nada. La culpa ha sido mía. Lo he hecho por ellos, por ti.

–¿Por mí? ¿Por ellos? Qué tontería.

Los ojos se le cubrieron de lágrimas. Savannah, que había estado impaciente por compartir aquel momento con él, ahora se daba cuenta de que todo había sido un gran error. Ethan no quería luz, sino la oscuridad que ocultaba sus cicatrices. Tenía que haberse dado cuenta. Porque sólo había logrado enfurecerlo con ella.

–Lo siento mucho...

–Tendrás que marcharte de aquí –dijo él–. No puedo permitir esta clase de interferencia. Por favor, recoge tus cosas.

–Ethan.

–No hay nada más que decir, Savannah.

–Pero es por la noche. ¿Dónde iré?

–A un hotel, al aeropuerto, donde sea, me da igual.

–¿Me estás echando?

La situación empezaba a tomar tintes surrealistas.

–Ahórrate el melodrama para el escenario.

–¡Vaya quién fue a hablar! ¡Tú, que vives sumido en la oscuridad!

Savannah no podía creer lo que acababa de decir, pero era la verdad. Estaba luchando por él, aunque él no lo viera así.

–Recoge tus cosas –repitió él con determinación–. ¿O prefieres que llame al ama de llaves para que lo haga por ti?

–Por favor, Ethan –suplicó ella sujetándolo del brazo.

Ethan le retiró la mano, y al hacerlo vio las lágrimas que empañaban los ojos femeninos. En ese momento su corazón ignoró las órdenes de su mente.

–Por favor, no te enfades con el ama de llaves –insistió ella–. Sabes perfectamente que la culpa es sólo mía.

Era cierto, todo lo que estaba ocurriendo era por su culpa, o mejor dicho, gracias a ella.

–Tienes razón, he interferido y no debía haberlo hecho –continuó ella–. Ésta es tu casa, Ethan, no la mía. Me doy cuenta de que he ido demasiado lejos. Quería encender algunas luces, y supongo que una o dos habría sido suficiente. Si quieres que me vaya, me iré ahora mismo. Lo único que te pido es que me prometas que no les culparas a ellos de nada.

Ethan no necesitaba ver más lágrimas para saber que Savannah estaba en una posición muy vulnerable. Y a pesar de todo, luchaba por defender a unas personas que había conocido apenas unas horas. Y eso él no podía ignorarlo.

Unos golpes en la puerta les interrumpieron.

–¿Algo para comer, señor, señorita? –dijo el ama de llaves cuando Savannah abrió la puerta.

Qué oportuna, pensó Savannah suspirando aliviada al ver a su nueva amiga. Relajando los hombros, sonrió.

–Yo llevaré la bandeja, gracias –dijo a la mujer yendo a sujetar la bandeja con las manos.

Pero Ethan la interrumpió.

–No, por favor, lo haré yo.

Sus buenos modales y exquisita educación lo obligaron a dar un paso y tomar la bandeja.

–Gracias, señor –dijo el ama de llaves educadamente sin dar el menor indicio de haber escuchado la conversación–. He preparado comida de sobra para los dos.

Savannah se dio cuenta de que a Ethan no le quedaría más remedio que meterse con la bandeja en su dormitorio.

–Te despejaré la mesa –dijo ella apresurándose delante de él.

Ethan depositó la bandeja en la mesa de centro que había entre los dos sofás y permaneció de pie, muy cerca de ella.

¿Desde cuándo era tan insensible?

Savannah sólo había encendido algunas luces, algo que en su mundo no podía calificarse ni de transgresión. Ethan la vio pasarse los dedos por el pelo todavía húmedo, le miró la cara lavada y sin maquillar después de la ducha, y supo que bajo la bata también estaba desnuda.

Ella estaba nerviosa, incierta, temerosa.

–Será mejor que no dejemos que se enfríe la cena –dijo él tomando la iniciativa–. Si no te importa, claro.

A Savannah le sorprendió la sugerencia, pero rápidamente reaccionó.

–Claro que no me importa. Por favor, siéntate –le señalo un sillón–. Tú también debes de estar hambriento.

–Un poco –reconoció él.

Cuando Ethan se sentó Savannah tuvo que reprimir un suspiro de alivio. Quizá tuviera la oportunidad de hacer algunos cambios en su vida antes de irse. Era lo único que quería.

Pero, como siempre, en el mundo de Savannah las cosas nunca salían según el plan. Recordó que su ropa interior, que había lavado para el día siguiente, continuaba colgada en la bañera. ¿Y si por casualidad a él se le ocurría entrar allí?

–¿Te importa si...? –empezó ella titubeando, señalando hacia el cuarto de baño con un gesto.

–En absoluto –respondió él–. Tómate todo el tiempo que necesites.

No iba a tener otro remedio, pensó Savannah ya en el cuarto de baño, apoyando la espalda contra la puerta cerrada. No pensaba salir de allí hasta que recuperara el aliento y el pulso normal. Ethan era una caja de sorpresas, y ella tenía la sensación de que le estaba dando una segunda oportunidad.

Cuando abrió la puerta del cuarto de baño, se dio cuenta de que en la habitación sonaba una música que le resultaba muy conocida.

–¿Te gusta? –preguntó Ethan al verla asomar la cabeza por la puerta.

–¿Es lo que creo que es?

–Si crees que es tu primer CD, sí, lo es.

Savannah volvió a meterse en el cuarto de baño, sofocada y nerviosa, y se llevó las manos a la cara.

–¿Piensas salir o no? –dijo él desde fuera–. Venga, sal a escuchar tu música.

Savannah no podía negarse.

–¿Te gusta? –preguntó ella con ansiedad al reunirse de nuevo con él.

–¿Que si me gusta? –Ethan sonrió–. Tu voz siempre me hace pensar en...

¿El croar de las ranas? ¿El chirrido de las ruedas?

–... el canto de los pájaros –dijo él recostándose en el sillón y cerrando los ojos.

Al menos no era el graznar de los cuervos, pensó ella.

Debería tener más confianza en sí misma, se reprendió Savannah, escuchando su voz resonar por toda la habitación.

–Me alegro de haberte contratado –dijo él.

Había abierto los ojos y la miraba pensativo.

–Gracias –dijo ella con un esbozo de sonrisa.

–Deberías comer algo. Debe de hacer horas que no te metes nada en el estómago.

Probablemente, pensó ella, aunque no tenía ni idea. En aquel momento, lo único que le preocupaba era tener que inclinarse hacia la mesa a tomar algo de comer, consciente de que debajo de la bata estaba totalmente desnuda.

–Toma –se le adelantó él ofreciéndole una bandeja de comida–. Prueba un poco de estos deliciosos canapés.

–Ethan, si te he ofendido...

–Come algo, Savannah, antes de que te desmayes.

–Te aseguró que no ha sido mi intención –terminó ella la frase–. A veces me dejo llevar por mi entusiasmo.

Sin decir nada, Ethan señaló con la cabeza la bandeja de comida.

–Gracias –dijo ella seleccionando un canapé redondo con tomate y queso.

Ethan estaba mirándola, y ella fue incapaz de ocultar sus sentimientos.

–Eres muy afortunado de tener unas personas tan maravillosas trabajando para ti.

–Sí, lo soy –dijo él–. Tenías razón con lo de la oscuridad. Era peligroso. En cuanto a las obras de arte, ni siquiera me había fijado –hizo una pausa antes de continuar–. ¿Quién iba a imaginar que el simple hecho de encender las luces produciría un cambio tan espectacular?

Yo, pensó Savannah, alegrándose de haber llevado algo de luz a la lúgubre vida de Ethan.

Capítulo 8

ETHAN se dio cuenta de lo mucho que se había equivocado con Savannah cuando el ama de llaves, que regresó con otra bandeja de sándwiches, lo llevó a un lado para informarle de lo mucho que le alegraba ver a la señorita tan feliz con las luces encendidas.

El ama de llaves, como buena italiana, lo dijo dirigiéndole una mirada más propia de una madre o de una tía, y Ethan tuvo que reconocer que la llegada de Savannah al *palazzo* había supuesto un cambio significativo en el lugar.

En las pocas horas que llevaba allí, Savannah había transformado el *palazzo*, llenándolo de cosas buenas, de luces y de sonrisas, y subiendo el ánimo de los trabajadores. Todo se perdería cuando ella se fuera, claro, pero al menos había logrado abrir una pequeña parte de su corazón, tuvo que reconocer Ethan.

—Es una habitación preciosa, ¿verdad?

Savannah levantó sorprendida la cabeza y entonces Ethan se dio cuenta de que estaba empezando a ver las cosas a través de sus ojos.

Se pondría furiosa si se enteraba de que, cuando ella se fuera, Ethan había vuelto a sus costumbres de siempre, se dijo Savannah. Volvió la cabeza hacia la puerta que Ethan acababa de abrir y se sonrojó al verlo apoyado en el umbral de la puerta, y observándola con una intensidad nueva.

–¿Más sándwiches? –le ofreció él caminando hacia la mesa y hacia ella.

Savannah, tensa como una cierva acorralada, se irguió en el sillón.

–No, gracias.

Pero en la mesa quedaban los restos de la bandeja anterior y se apresuró a levantarse para retirarlos y hacer sitio a la nueva. Nerviosa como estaba, se movió con torpeza y sin darse cuenta se tropezó con una de las patas del sillón.

Ethan le avisó, pero fue demasiado tarde. Al alargar las manos para sujetarla, Savannah terminó en sus brazos.

Apenas fueron unos segundos. Cualquier otra mujer habría aprovechado la oportunidad, pero ella lo único que se le ocurrió pensar fue si se había lavado los dientes.

–Bueno, yo aún tengo hambre –dijo él soltándola y volviendo al sofá–. ¿No quieres ayudarme? –la invitó mirándola a la vez que tomaba un sándwich–. Es evidente que el ama de llaves está convencida de que los dos necesitamos comer.

O quizá las intenciones de la mujer eran retenerlo allí.

Los dos comieron en silencio hasta que Savannah dejó la servilleta con un suspiro de satisfacción.

–Tenías hambre –comentó Ethan limpiándose los labios y sin dejar de mirarla.

Savannah se ruborizó. ¿Seguían hablando de comida?

Por supuesto que sí, se dijo, alisándose el pelo. ¿Qué debía pensar Ethan de ella, con la cara lavada y prácticamente desnuda?

Siendo la primera vez que recibía a un hombre desnuda bajo la bata, no estaba muy segura del protocolo. Y dado que Ethan no parecía tener la intención de ir a ningún sitio, se levantó y sugirió:

–¿Pongo la televisión?

Así quizá podrían ver las noticias.

–¿La televisión?

–No sé, a lo mejor dicen algo sobre el partido, o nosotros –dijo ruborizándose aún más.

–Cuando estoy aquí procuro huir de las noticias –dijo con voz helada.

–Pero seguro que hay cosas que afectan a tus negocios, o al rugby, ¿no? –dijo ella con la sensación de que se estaba quedando sin opciones.

–No –repuso él bruscamente–. Y, Savannah, tengo que decirte una cosa.

Pero ella ya había encendido el aparato.

No podía haber sido más oportuna. En pantalla, un breve reportaje sobre Ethan Alexander, sorprendido, o al menos eso decían los periodistas, con su última conquista, una joven ingenua recientemente contratada por su discográfica.

–¿Cómo es posible que una velada tan agradable haya terminado tan mal? –preguntó Ethan mirándola.

Entonces Savannah supo por qué no había querido encender la televisión.

–¿Cómo puedes tomártelo con tanta indiferencia?

–Sé lo que debo esperar. Por eso he venido a verte. Quería decírtelo personalmente antes de que lo averiguaras por otros medios. Pero ahora... –inclinándose por delante de ella se hizo con el mando a distancia y apagó el televisor.

–¿No deberíamos enterarnos de lo que dicen? –exclamó ella, al darse cuenta de que estaban contando una terrible mentira sobre ellos–. ¿No te importa lo que digan de nosotros?

–¿Te importan a ti los cotilleos? –le retó él.

–¿Cotilleos? ¡Eso no son cotilleos, son mentiras!

–¿Y qué crees que puedes hacer? –respondió él con serenidad–. Pronto se olvidarán de nosotros, y esas fotos que ahora publican las revistas acabarán de papel de envolver en cualquier tienda barata.

–¿Lo del famoso magnate que salva a la joven de la garganta de oro delante de un millón de espectadores televisivos? –exclamó Savannah sin entender la reacción de Ethan–. No creo que lo olviden tan fácilmente.

–Los cotilleos sólo te hacen daño si les dejas –dijo Ethan manteniendo la calma–. Y si vas a dejar que esto te afecte de esa manera, Savannah, quizá deberías replantearte lo de tu carrera musical y lo de convertirte en una figura pública.

Savannah se quedó helada al instante. Enseguida recordó a todas las personas que le habían ayudado en su carrera y en lo importante que era para ellos que ella alcanzara el éxito profesional.

–Pero los periodistas dicen que tú y yo nos acostamos –protestó ella en un hilo de voz.

Ethan arqueó una ceja con gesto seductor.

—¿Tan mal te parece?

No debería tomárselo de aquella manera. Las mejillas de Savannah se encendieron de vergüenza en cuanto se oyó sugerir en voz alta la posibilidad de una relación sexual entre ellos. Pero ¿por qué lo hacía, cuando había jurado pensar en Savannah únicamente como una joven bajo su protección? ¿Quizá porque le empujaba algo más fuerte que el sentido común?

Antes de darse tiempo para llegar a una explicación, Savannah le pidió que volviera a encender el televisor para saber exactamente qué era lo que decían los medios de comunicación. La joven estaba enfadada, y tenía los puños cerrados. Apenas podía contener la ira.

—Lo sabes tan bien como yo, Savannah —dijo él—. Olvídalo.

—No —respondió ella—. Tenemos que hacer una declaración y negar todas esas ridículas insinuaciones.

—Oh. ¿Tú crees que tenemos algo que negar? —preguntó él.

Y haciéndose con el mando a distancia lo lanzó lejos de su alcance.

Poco a poco Savannah se relajó y aceptó la sensatez de ignorar los comentarios sensacionalistas de la prensa.

—Menos mal que mis padres no están en Inglaterra —dijo ella por fin mirándolo agradecida y dejando claro lo mucho que le preocupaba el bienestar de sus padres, algo que él no había sentido nunca.

Savannah tardó un momento en darse cuenta de que Ethan se estaba riendo. Era la primera vez que lo oía reír de verdad.

–¿Qué tiene tanta gracia?

Ethan sacudió la cabeza, incapaz de hablar por un momento.

–El despiadado magnate y su cantante adolescente –dijo por fin–. Nos van a presentar como si fuéramos los personajes de una novela.

–Yo no soy una adolescente –protestó ella–. La semana pasada cumplí veinte años.

–¿Veinte? –repitió Ethan paralizado. La diferencia de edad era mayor de lo que había supuesto–. Muy mayor, sí.

–No soy una cría adolescente, si eso es lo que crees, y creo que deberíamos demandarlos –añadió ella con toda seriedad.

La sugerencia hizo que Ethan estallara en carcajadas.

–Demándalos si quieres –dijo él sin dejar de reír.

¡Como si fuera tan fácil!, pensó ella. Además, ¿con qué pagaría a los abogados?

–¿Quieres saber mi opinión?

–Por supuesto –dijo ella, dispuesta a luchar con uñas y dientes.

–Creo que deberías ignorarlo, que es exactamente lo que voy a hacer yo. A menos –levantó las manos interrumpiendo su contestación–, que empiecen a ponerse demasiado pesados. En ese caso yo me ocuparé de ellos.

Pero Savannah no quería quedarse de brazos cruzados y aguantar lo que aquellos infames periodistas quisieran publicar. Estaba a punto de desafiar la decisión de Ethan cuando unos golpes en la puerta los interrumpieron. Habían llegado las maletas desde el estadio.

—Como ves, he cumplido mi palabra en todo momento —dijo él mientras ella comprobaba sus maletas—. Y no pienso empezar a incumplirla ahora. Pero con el asunto de la prensa, tendrás que empezar a confiar en mí.

—Confío en ti —le aseguró ella—, pero ahora estamos atrapados aquí.

—Sí, en este lugar tan espantoso —se burló él—. Pobrecitos de nosotros, qué mal lo vamos a pasar.

El comentario fue suficiente para que una ráfaga de dardos en llamas se clavara por todo el cuerpo femenino, cada uno con un sutil mensaje. Ella lo deseaba, pero la sofisticación de Ethan y la idea de estar bajo su techo la intimidaban.

—¿No tienen nada mejor que hacer que especular sobre nosotros?

—Están haciendo su trabajo —observó Ethan—. Los dos somos noticia, tú por tu parte como intérprete del himno británico en el partido de rugby, y yo por la mía, como magnate por todos conocido, y por supuesto los dos juntos. Es toda una exclusiva.

—Pero es falsa. Han tergiversado la verdad y han hecho que unas fotografías inocentes parezcan...

—¿Sugerentes?

No era lo que ella iba a decir, y al ver la expresión de los ojos masculinos, deseó no haber hablado. Hasta ahora Savannah había estado segura de que Ethan sólo la consideraba como a una persona bajo su protección. Pero la idea de que la mirara como a una mujer era inquietante. Por mucho que fuera lo que siempre había soñado, ahora que su fantasía corría hacia la realidad a una velocidad desorbitada ya no se sentía tan segura.

Se puso en pie y se apretó la bata.

–Tranquilo. Si tengo que quedarme aquí más tiempo del necesario, procuraré no molestarte.

–Que considerada –murmuró él–. ¿Un té? –ofreció descolgando el teléfono para llamar a la cocina.

Pero Savannah necesitaba algo un poco más fuerte después de ver el reportaje de la televisión.

–Creo que necesito algo un poco más fuerte.

Ethan apartó el teléfono de la oreja.

–¿Un café? –preguntó con rostro impasible, aunque con un destello divertido en los ojos.

Aquel lado divertido de él, tan insospechado y tan atractivo, resultaba de lo más seductor. Y aterrador. Savannah no sabía cómo tratar a los hombres, pero mucho menos a un hombre como Ethan.

–Una ginebra con tónica, por favor –dijo ella con firmeza, pensando que eso la relajaría.

Después de mirarla un momento, Ethan colgó el teléfono y se levantó. En el mueble bar preparó la bebida. Al menos la trataba como si fuera mayor de edad.

–Toma, espero que te guste así –dijo él entregándole el vaso.

Savannah dio un largo trago en un intento de mantener una imagen de seguridad, y se atragantó. Peor que eso, empezó a toser y agitar una mano frenéticamente en el aire mientras el fuego del alcohol le consumía la garganta.

–Oh, ya veo que eres virgen –dijo él divertido.

A ella le horrorizó que pudiera haberse dado cuenta.

–¿Cómo lo has sabido?

Manteniendo la botella de cristal en el aire, Ethan contempló el líquido transparente.

–Se nota que nunca has tomado una ginebra con tónica sin... –se interrumpió y la miró–. Oh, vaya. No estamos hablando de lo mismo, ¿verdad?

Savannah no respondió.

–¿Verdad, Savannah? –insistió él.

Esta vez su expresión en lugar de divertida era sombría.

Savannah no podía responder a causa de la vergüenza. Y de lo que Ethan debía pensar de ella: que era demasiado joven, demasiado inexperta, demasiado ingenua. En aquel momento, todas las esperanzas que había albergado sobre llegar a tener una relación con él se hicieron añicos. Además, Ethan era un hombre con tantos principios que jamás se plantearía hacerle el amor, creyéndose responsable de su inocencia.

¿Virgen? ¡Era virgen! Ethan retrocedió mentalmente. Aquello hacía que la situación fuera mucho peor. Savannah sólo estaba allí para disfrutar de su protección, por mucho que él hubiera considerado la idea de seducirla. Era muy joven, y lo primero que debía plantearse con ella era protegerla, no seducirla.

–Ethan, por favor, no te enfades conmigo –le suplicó ella al verlo dirigirse hacia la puerta.

–¿Enfadarme contigo? –repitió él.

Nada más lejos de su pensamiento.

–Buenas noches, Savannah.

–Ethan, por favor.

Él estaba casi en la puerta cuando ella se levantó.

–Que duermas bien –dijo él cerrando la puerta con firmeza y dejándola de pie al otro lado.

No sabía lo que podría ocurrir si esperaba a escuchar su respuesta.

Cuando Ethan se fue, Savannah permaneció sentada un largo rato en la cama. Con los brazos apretados fuertemente a ambos lados de la cabeza, se dio cuenta de que había estropeado la velada, y no sabía cómo arreglarlo. Sabía que estaba enamorada de Ethan, porque lo que sentía por él no podía ser otra cosa que no fuera amor. Pero él la asustaba. La primera vez que él se fijó en ella como mujer, ella fue incapaz de reaccionar como tal y se encogió.

Se levantó de la cama y se acercó a mirarse al espejo. ¿Qué veía Ethan cuando la miraba? Él había sobrevivido a sus lesiones y había triunfado a pesar de las cicatrices. ¿O ésa era sólo la cara pública de Ethan? ¿Le atormentaban las cicatrices cuando estaba solo? Y ella, ¿cómo podía marcharse de La Toscana y dejar a Ethan con tantas cuestiones sin resolver?

Tenía que ir a hablar con él.

El hecho de no tener ni idea de lo que le iba a decir no importaba, pensó Savannah poniéndose los vaqueros. Era uno de esos momentos en que lo importante era hacer algo. No podía dejar que Ethan creyera que sus cicatrices le repelían. Querer a alguien implicaba una responsabilidad, lo que significaba que no podría darle la espalda.

Y aquélla bien podría ser su última oportunidad para buscar bajo la fachada que Ethan presentaba al mundo y encontrar al verdadero hombre que se escondía bajo ella. Esta vez no pensaba perderla.

Capítulo 9

QUIZÁ los dioses habían decidido que merecía un poco de suerte, pensó Savannah mientras seguía al grupo de criados que llevaban toallas limpias y una bandeja sobre la que había una cafetera y una taza. Estaba bastante segura de que, aparte del servicio, Ethan y ella eran los únicos dos huéspedes que se alojaban en el *palazzo* en aquel momento.

Y en aquel momento lo único que le preocupaba era encontrar a Ethan para hablar con él. Por ello decidió ocultarse entre las sombras del pasillo y esperar agazapada mientras uno de los criados llamaba a una puerta.

Desde dentro oyó la voz de Ethan:

—Adelante.

Savannah esperó a que los criados salieran de la habitación y se alejaran de nuevo por el pasillo. Cuando se cercioró de que estaba sola, salió de su escondite y se acercó con pasos sigilosos a la puerta. Giró despacio el pomo y empujó la puerta, que se abrió silenciosa. Asomó la cabeza y oyó el ruido de la ducha.

Empujó un poco más la puerta y se coló en el interior de la habitación. La primera estancia era un salón muy masculino que olía a piel y a libros. Savannah miró a su alrededor, sin saber qué hacer ni dónde esconderse. El suelo era de madera y los amplios sofás de piel marrón oscura. Las paredes estaban cubiertas de estanterías llenas de libros sin nada más, a excepción de varios cuadros de pintura contemporánea.

Originales, sin duda, pensó Savannah con interés. Se acercó y vio que estaban firmados con una O mayúscula cruzada por una línea diagonal. La temática: niños asustados, con los ojos desmesuradamente abiertos, y las caras y las figuras deformadas. Eran unos cuadros de sobresaliente calidad artística que, al igual que *El grito* de Edvard Munch, fascinaban y repelían a la vez. Eran imágenes duras e inquietantes en las que predominaban las sombras, muchas sombras.

¿Serían los cuadros un reflejo autobiográfico de la infancia de Ethan?

A Savannah no le cupo la menor duda. Aquella ventana al alma masculina era esclarecedora y mucho peor de lo que ella había imaginado. Que él era un hombre de gran talento artístico era evidente, y como artista el vínculo entre ellos resultaba reconfortante, aunque la temática de los cuadros la preocupó y confirmó sus inquietudes.

El grifo de la ducha se cerró y Savannah se quedó inmóvil en medio de la habitación. Todas las preguntas que había preparado mentalmente para Ethan se desvanecieron de su mente, pero al ver que él no salía del cuarto de baño, la curiosidad pudo con ella y la llevó a acercarse de puntillas a la puerta. Allí se asomó por la estrecha rendija y vio a Ethan, de pie delante del espejo, cubierto únicamente con una toalla alrededor de la cintura.

Físicamente, el cuerpo de Ethan se mostraba espectacular.

Aunque las cicatrices eran mucho peores de lo que sospechaba, Savannah pensó que nunca había visto a ningún hombre tan viril y atractivo. Tenía unas piernas largas y musculosas, y el torso desnudo era el sueño de toda mujer.

Las cicatrices ponían de manifiesto lo milagrosa que había sido su supervivencia. Era mucho más hombre de lo que ella había imaginado.

Cuando lo vio pegar un puñetazo furioso en la encimera de mármol, Savannah dio un salto hacia atrás asustada. Ethan quedó inmóvil, con la cabeza abatida y los hombros agarrotados, como si sintiera asco de su propio cuerpo. Los temores de Savannah quedaron confirmados: las lesiones de Ethan no sólo habían dejado cicatrices en su cuerpo, sino también en su alma.

Ethan debió de sentir el movimiento porque levantó levemente la cabeza.

–¿Savannah? –se volvió en redondo.

Ella contuvo una exclamación y retrocedió hacia el salón, dejando la puerta entreabierta.

–¡Savannah, te estoy hablando! ¿Se puede saber qué haces aquí? –exigió saber él yendo hacia ella.

Savannah extendió las manos, en gesto de súplica.

–Te... te estaba buscando –retrocedió titubeante–. He llamado, pero no me has oído.

–¿No has oído el agua?

–Sí, pero...

–Pero no te has ido inmediatamente.

–No, es que...

–¿Es que qué? –se acercó a ella de dos zancadas–. ¿Querías poner a prueba tus conocimientos de psicología barata conmigo?

Mientras hablaba Ethan miró los cuadros que colgaban de las paredes y tuvo la certeza de que ella los había visto.

—Me lo imaginaba —le espetó él al no obtener respuesta.

—Ethan, por favor.

—Creía que habíamos quedado en no molestarnos.

—¿Sí? —a Savannah le temblaba la voz—. De eso no me acuerdo.

Ethan se irguió cuan alto era y alzó la cabeza.

—Deja de intentar intimidarme —protestó ella, aunque le temblaba la voz.

—Entonces dime por qué has venido.

—Ya te lo he dicho. Te estaba buscando.

—¿Para qué? —insistió.

—Quería hablar contigo.

—¿Y por eso te has colado en mi habitación?

—¡No!

—Vete a la cama, Savannah.

—No —Savannah negó con la cabeza, pensando cómo expresar todo lo que sentía en unas pocas frases si Ethan no estaba dispuesto a darle más tiempo—. Me preocupas.

—¿Te preocupo? —dijo él con una fría carcajada—. Si supieras lo infantiles que suenan tus palabras.

—¿Preocuparse por alguien es infantil? —dijo ella abriendo las manos—. Entonces soy culpable. Lo reconozco, las palabras no se me dan bien.

—No, no se te dan bien, en eso tiene razón —Ethan se puso la bata para ocultar sus cicatrices—. Vete, Savannah.

—No pienso ir a ningún sitio —le aseguró ella testaruda.

–¿Tengo que echarte?

Si continuaba mirándola con aquella expresión en la cara, no haría falta, pensó ella. Estaba tan furioso con ella, y su desprecio era tan absoluto que sintió ganas de salir corriendo.

–No lo harías –dijo ella, aunque le temblaba la voz.

–¿Estás segura? –continuó atacando él.

–Estoy completamente segura de que nunca me harías daño –dijo ella sin moverse, mirándolo directamente a la cara.

–¿Has terminado? ¿Puedo acabar de disfrutar del día en paz?

–¡No, no he terminado! –saltó ella como el corcho de una botella de champán que alguien acababa de agitar–. No puedes ignorarme. No soy una niña.

–Pues nadie lo diría.

–Será porque no me miras bien como deberías, Ethan. Soy una mujer, una mujer con sentimientos. Y no pienso ignorarlos sólo porque tú lo digas.

La respuesta de Ethan fue señalar la puerta con el mentón.

–Tengo que pedirte que te vayas.

–No me iré.

Ethan decidió cambiar de táctica.

–Los dos hemos tenido un día muy duro. Tienes que descansar.

–Lo único que quiero es hablar contigo.

–Yo no tengo ganas de hablar, así que vete. Vete –la llevó hacia la puerta–. Intenta metértelo en la cabeza, Savannah... –le acercó tanto la cara que Savannah pudo ver perfectamente los destellos de rabia en los ojos grises–. No quiero tu compañía. No quiero tu conversación. Y sobre todo no quiero que vayas fisgoneando por la casa y me espíes.

–No te estoy espiando –protestó Savannah alzando también la voz–. Y si lo que te preocupa son...

Aspirando el aire a través de los dientes apretados, Ethan le apartó la mano, pero ella le ignoró y levantó de nuevo la mano. Le rozó la cara con la punta de los dedos y trazó las cicatrices que le marcaban la cara.

–No las veo.

–¿No las ves? –repitió él burlón.

Echándose hacia atrás, Ethan volvió la cara y caminó con pasos rápidos hasta la mesa donde se sirvió un vaso de agua y lo bebió de un trago.

–No, no las veo –repitió ella.

Ethan dejó el vaso vacío en la mesa con tanta fuerza que estuvo a punto de hacerlo añicos. Savannah dio un respingo.

–Es inútil que intentes echarme, porque no pienso irme, Ethan.

Él permaneció de espaldas a ella. Quizá había ido demasiado lejos. Tenía los hombros encorvados y apretaba tanto el respaldo de la silla con las manos que tenía los nudillos blancos.

–Ya es bastante malo que estés aquí –gruñó sin mirarla–. Pero deberías haberme dicho que eres...

–¿Tenía que haberte dicho que soy virgen? –le interrumpió ella, y esperó a que se volviera a mirarla–. ¿Me estás diciendo en serio que tenía que haber dicho: «Hola, ¿cómo está? Me llamo Savannah y soy virgen»?

–No, claro que no –le espetó Ethan–. Pero si me lo hubieras insinuado de alguna manera, te habría alojado en otro sitio.

–¿Dónde, en un convento? –preguntó ella acercándose a él–. ¿En un lugar seguro? ¿Y si te digo que aquí contigo me siento muy segura? –pregunto mirándolo a los ojos, muy cerca de él.

–¿Y si te digo que el mundo interpretará de forma muy distinta tu estancia aquí?

–Creía que no te importaban los cotilleos.

–Me importa cómo te afectan a ti.

–¿Por qué, porque mi campaña de *marketing* como la próxima revelación de tu discográfica quiere presentarme como una joven inocente?

Ethan prefirió no tomarse el comentario como una ofensa personal. Con el dedo en el mentón la miró pensativo.

–Tu actitud es muy cínica –dijo él–, pero voy a hablarte con toda claridad. No te quiero aquí. Por favor, vete.

Savannah esperó un momento y después dijo:

–No.

–¿No?

–No –repitió Savannah–. Estás muy equivocado si crees que voy a hacer lo que tú digas.

Sin responder, Ethan señaló la puerta.

Savannah levantó la cabeza y, con la poca dignidad que le quedaba, fue hacia ella. Pero antes de llegar se volvió. Tenía que saberlo.

–¿Qué tengo para que no te guste, Ethan?

–¿Qué tienes? –él frunció el ceño.

–¿Es porque no soy lo bastante guapa ni lo bastante deseable? ¿O porque no tengo experiencia para enfrentarme a situaciones como ésta?

–Savannah, aquí la única situación que hay es mi

impaciencia, y no creo que te guste enfrentarte a ella
–respondió él impaciente yendo hacia la puerta y
abriéndola–. Buenas noches, Savannah.

Ethan no sentía nada por ella, y ella no sabía utilizar sus encantos femeninos para seducirlo, pero no estaba dispuesta a rendirse tan pronto. Si la quería fuera
de allí, tendría que echarla por la fuerza, y estaba segura de que no lo haría. Mentalmente cruzó los dedos
para que así fuera.

–No puedes echarme.

–¿Quieres verlo? Vete –repitió clavándole los ojos
con fuerza.

–¿Por qué estás siempre tan enfadado?

–¿Por qué eres incapaz de entender una indirecta?
–contestó él con otra pregunta.

–Es evidente que mi experiencia con los hombres
es muy limitada, pero si me permitieras...

–¿Qué? –Ethan se acercó a ella, observándola con
suspicacia.

–¿Estar contigo? –dijo ella, aferrándose desespera-
damente a una esperanza que casi se había marchitado.

–Tú debes de creer que a mí me gusta meterme en
problemas –dijo él, y señaló de nuevo la puerta–. Vete.

–¿No podemos tomar una última copa juntos?

–¿Una ginebra con tónica? –se mofó él.

–Si quieres.

–No quiero. Vete a la cama.

Aliviado Ethan cerró la puerta y se apoyó de espaldas
contra ella. Tanto mental como físicamente estaba en
pura agonía. No debería pensar en aquello con Savan-

nah, y ahora que sabía que era virgen aún tenía menos excusa, aunque tampoco sabía cómo detener las imágenes eróticas que le inundaban la mente. La deseaba. Mucho más que eso, la necesidad de perderse en ella lo dominaba, pero no podía utilizar la inocencia femenina para diluir la frialdad que existía dentro de su alma.

La herida era tan profunda que jamás lograría superarla. Una herida que plantó su semilla en su interior el día que vio con toda claridad que para su madre era más importante su nuevo marido que su hijo de siete años, y germinó el día que ella vio todo el cuerpo del pequeño plagado de cardenales y, en lugar de preguntarle qué había pasado, le dijo que, si no tenía más cuidado, tendría que quitarle la bicicleta. ¿En serio creyó que las marcas del cinturón en la espalda eran producto de una caída? Toda aquella amargura ya se había convertido en un árbol en flor cuando decidió independizarse llevándose sus secretos con él.

¿Estaba dispuesto a compartir aquel legado con Savannah? En absoluto. Ella era como un rayo de luz con toda su vida por delante, y él haría cualquier cosa para protegerla.

Se apartó de la puerta y se pasó las manos por el pelo con frustración. Deseaba a Savannah. Quería hacerle el amor y perderse en ella.

Se tensó al oír de nuevo sus pasos y unos golpes en la puerta.

—¿Sí?

—Ethan, soy yo.

—¿Qué quieres? —preguntó él.

¿Habría olvidado algo? Miró por la habitación, aun sabiendo que era una vana esperanza. Abrió la puerta.

–¿Qué quieres? –preguntó cansado.

–A ti...

Savannah habló tan bajo que no estaba seguro de haber oído bien.

–Te quiero a ti –repitió sosteniéndole la mirada. Calló un momento, como preparándose para el siguiente paso, y después susurró–: ¿Quieres hacerme el amor?

Ethan ya estaba cerrando la puerta.

–No seas tonta.

–No soy tonta.

La puerta se frenó, y entonces Ethan se dio cuenta de que ella la sujetaba con el pie. Al ver el diminuto pie de Savannah impidiéndole cerrar la puerta casi sintió ganas de reír, pero aquél no era momento para risas.

–Por favor, ¿puedo entrar? –le suplicó ella.

Ethan la vio mirar ansiosa a un lado y otro del pasillo y supo que no podía dejar que se pusiera en ridículo delante del servicio.

–Está bien –dijo abriendo la puerta para dejarla entrar, diciéndose que iba a solucionarlo de una vez por todas dejándole muy claro que tenía que volver a su habitación.

Pero cuando él cerró la puerta, ella preguntó con los puños apretados:

–Ethan, ¿qué tengo que hacer para que veas que soy una mujer?

Él alargó las manos, sin saber muy bien si su intención era apartarla o abrazarla, pero ella fue hacia él y, cuando cerró los ojos, él la sujetó, la apretó contra su cuerpo y la besó.

Cuando él se apartó para enmarcarle la cara con las

manos y mirarla a los ojos Savannah estaba temblando como una hoja.

Era lo que siempre había soñado y mucho más. Ethan era todo lo que había soñado y mucho más.

–¿Estás segura?

–Sí, estoy segura –respondió ella en un susurro.

Capítulo 10

ETHAN bajó la cabeza y la besó de nuevo, intensificando el beso, consciente de que ella era mucho más pequeña y frágil que él, y mucho más vulnerable.

–¿Por qué has esperado tanto? –murmuró ella cuando él la soltó.

Porque lo más importante era mantenerla a salvo. Porque temía que las fuerzas oscuras en su interior le hicieran daño. Tenía que haber sabido que la inocencia y la alegría de Savannah las derrotaría, y ahora lo único que sentía era el deseo de cuidarla y pasar una noche con ella, una noche en la que le proporcionaría el placer más absoluto.

–¿Ethan? –preguntó ella, al notarlo abstraído.

–No te he olvidado –murmuró él abrazándola.

Entre suspiros y risas Ethan la fue desnudando, y sus besos terminaron con sus últimos temores. Ni siquiera estaba segura de cómo había terminado desnuda, sólo que lo estaba, y no se avergonzaba de ello. Todavía no la había acariciado íntimamente, pero ella ya sentía la necesidad de unirse a él. Aunque todavía tenía mucho que descubrir. Y todo que aprender.

Ethan la llevó al dormitorio y la tendió sobre la cama con gran delicadeza. Savannah levantó un brazo

por encima de la cabeza, en una actitud de inocente se-
ducción. Pero entonces lo vio incorporarse y apartarse
de ella.

—¿No irás a dejarme?

De un salto se sentó en la cama.

—Esto está mal —masculló él.

—¿Qué quieres decir, «mal»? —preguntó ella, ajena
al impacto que su desnudez tenía en él–. ¿Qué tiene de
malo? —Savannah tenía las mejillas encendidas–. ¿Todavía crees que soy muy joven para ti?

—Exacto —dijo él aliviado de tener una excusa–.
Vístete, Savannah.

Sujetándole por el brazo, Savannah lo obligó a mirarla a la cara.

—No permitiré que me hagas esto.

—No tienes otro remedio.

—¿No tengo otro remedio que permitir que me hu-
milles? —dijo ella con la voz entrecortada.

Pero Ethan se zafó de ella y la miró desde su altura.

—¿Por qué? —preguntó ella–. ¿Por qué me haces esto?

Porque había creído, erróneamente, que por una noche podría olvidar. Pero las semillas de la duda que
plantó su padrastro en su alma cuando le aseguró que nadie querría volver a mirarlo continuaban firmemente
arraigadas en él. Un mensaje que se hizo todavía más
claro cuando su propia madre se apartó horrorizada al
verlo. ¿Iba a infligir el mismo horror a Savannah cuando
viera las otras cicatrices? Conociendo bien la forma de
terminar con todo aquello, le dio la espalda para enseñarle las marcas que la cruzaban en todas direcciones.
Las cicatrices de la cara eran muy feas, pero las de la espalda eran verdaderamente horrorosas.

–¿Qué haces? –quiso saber ella–. Si estás esperando que me ponga a gritar horrorizada, te vas a llevar un buen chasco. Esas cicatrices no cambian lo que
siento por ti.

–¿No cambian?

–No cambian lo que siento por ti aquí –Savannah se
llevó la mano al corazón.

Ethan le restó importancia con un encogimiento de
hombros, pero ella insistió.

–Quizá eso sea lo que otros ven, pero yo te veo a ti,
Ethan.

–¿A mí? –se mofó él.

–Para mí esas cicatrices no cambian para nada lo
que tú eres. Sólo...

–¿Sí? –le urgió él.

–Nos separan –terminó ella, esta vez con lágrimas
rodando por sus mejillas.

–Sécate la cara y déjame, Savannah –dijo él con dureza.

–No voy a irme. Tus cicatrices no me asustan.

–Eso será porque no las has visto bien –le aseguró
él.

–Sí las he visto –le contradijo ella.

–Mírame otra vez –dijo de él con una voz que a ella
le rompió el corazón.

Arrodillándose en la cama, Savannah trazó las cicatrices de la espalda con los dedos, las líneas paralelas
que le cruzaba la espalda y que parecían haber sido he-
chas con un cuchillo de sierra. Trazó todas y cada una
de ellas con los ojos y con los dedos, hasta que llegó a
su cara.

–Te doy asco –dijo él–. No tienes que fingir.

–No tengo ninguna obligación de estar aquí –le recordó ella–. Ethan, no puedes darme asco. Todo lo contrario.

–¿Cómo puedo hacerte el amor? –preguntó Ethan–. ¿Cómo? –repitió con la misma pasión que Savannah le había mostrado.

Cuando ella no respondió, le sujetó la cara por la barbilla y la obligó a mirarlo.

–¿Como se hace siempre? –sugirió ella en voz baja. Y esbozó una sonrisa–. Pero a mí no me preguntes, no tengo experiencia.

Aquello terminó de desarmarlo.

Mientras él se quitaba la ropa, Savannah se dio cuenta de que Ethan la creía tan mimada y protegida que no la imaginaba capaz de soportar nada que no fuera perfecto. Lo que estaba muy lejos de la verdad.

–Tú crees que mi mundo son todo conciertos, vestidos de gala y perfumes, pero te equivocas –dijo ella buscándole la mano y apoyando la mejilla en la palma–. He crecido en una granja rodeada de paja y animales, y allí es donde soy más feliz. La realidad no me asusta, Ethan, en absoluto.

–¿Una realidad como ésta no te afecta? –preguntó él pasándose la mano por las cicatrices del pecho.

–Por favor, no me insultes –dijo ella.

Le puso las manos en el pecho y fue recorriéndolo con los labios.

–No –dijo él tensándose, tratando de apartarla, pero ella no se detuvo hasta que él por fin la apretó contra él.

Las cicatrices, por horribles que fueran, no afectaban en absoluto su fuerza ni su poder. Ethan era como un gladiador en un grabado antiguo, herido pero triunfal, una imagen profundamente sensual.

Pero dentro de su corazón no había nada, le advirtió una vocecita en su interior. Sí, le respondió ella, el corazón de Ethan estaba helado, pero ella esperaba que con el tiempo su amor lo hiciera entrar en calor.

—Te deseo —murmuró ella alzando la mirada.

—Yo te deseo... más de lo que te puedas imaginar.

Y era cierto, pensó Ethan mientras la besaba. Savannah era joven y vulnerable, y él nunca le haría daño. Y quizá su inocencia fuera su última esperanza para cerrar definitivamente las cicatrices de su alma.

—¿Vienes a la cama? —susurró ella. Sin soltarle la mano, se hundió de nuevo sobre las almohadas—. No seas tímido.

Ethan se echó a reír. Era cariñosa y divertida, se había desnudado totalmente ante él, demostrándole cuánto confiaba en él, y él no podía traicionar aquella confianza.

Mientras se tendía en la cama, Savannah empezó a sentir un cierto temor a un nivel más práctico. El tamaño masculino la llenaba de aprensión. Él debió de darse cuenta porque, al tenderse en la cama junto a ella, dijo:

—Creo que estás nerviosa.

—Un poco —reconoció ella.

—Tranquila —dijo él acariciándole el brazo—. Yo nunca te haría daño, Savannah.

Las palabras no terminaron de tranquilizarla. Físicamente, Ethan era mucho más grande que la mayoría de los hombres, y poseía la potencia y la resistencia de un deportista nato.

Savannah esperaba que Ethan la tranquilizara, por eso le sorprendió que él se tendiera sobre ella, le atrapara el cuerpo entre las piernas y empezara a besarla y murmurarle eróticas sugerencias al oído que la pusieron en un estado de total excitación.

–¿Mejor? –preguntó él divertido al ver la nueva expresión de deseo en sus ojos.

–Mucho mejor –reconoció ella.

Con los muslos de Ethan apretados contra los suyos, Savannah no se hubiera cambiado por nada ni por nadie, pero aun con todo volvió a preguntar:

–No me harás daño, ¿verdad?

La respuesta fue besarla con infinita ternura hasta que ella se relajó, y después intensificó el beso, excitándola de nuevo. Savannah le hundió los dedos en el pelo y se sumió en el mar de eróticas sensaciones que los labios masculinos despertaban en ella mientras le recorrían la garganta, los hombros, el pecho.

Cuando él jugó con los pezones, primero con la lengua y luego succionando con los labios, Savannah creyó haber alcanzado el máximo placer, y le fue imposible quedarse quieta. Moviéndose contra él, buscando su contacto, se agitó inquieta sobre las almohadas y susurró:

–No sé si puedo aguantar mucho más.

–¿Quieres que pare?

–Ni se te ocurra –respondió ella en tono de advertencia.

–¿Por qué tanta prisa? –preguntó él cuando ella se pegó a él.

–Por ti –jadeó ella.

–Entonces es hora de que aprendas a tener un poco de paciencia –dijo él deslizándole las manos por todo el cuerpo.

–No quiero tener paciencia –dijo ella estremecién-dose–. Pero si la tengo, ¿podremos repetirlo otra vez?

–Si te portas bien.

–Me portaré muy bien –prometió ella.

Ethan se echó hacia atrás para contemplarla, pero ella tiró de nuevo de él. No tenía la fuerza suficiente para obligar a Ethan a hacer nada, pero de momento la máquina del placer estaba a sus órdenes.

–No puedo más –le advirtió ella.

–¿Entonces qué? –preguntó él burlón.

–Hazme el amor –dijo ella, y hablaba muy en serio.

Capítulo 11

ETHAN los protegió a ambos y después la acarició como sabía que a ella le produciría más placer.

Ni él había sido capaz de imaginar que podía llegar a tratarla con tanta ternura y delicadeza, ni que ella fuera la mitad de apasionada. Savannah sacaba lo mejor de él, y cuando ella gritó su nombre, moviéndose con él y volviéndolo loco de deseo, se reprimió, consciente de que acababa de encontrar a alguien capaz de llegarle más hondo que nadie.

Que fuera una joven como Savannah lo sorprendía y le daba remordimientos de conciencia. Aquél era el inicio de un nuevo capítulo en la vida de Savannah como mujer, pero después de aquella noche él tendría que poner fin a la relación.

Pero de momento...

La rodeó con los brazos y mirándola a los ojos la llevó hasta la cima del placer, acompañándola durante el intenso éxtasis del orgasmo que la envolvió. Cuando por fin ella recuperó la respiración y se acurrucó contra él, Ethan tuvo la sensación de que el tiempo estaba jugando con ellos y que se conocían desde hacía mucho más que una noche.

—Ethan, ¿dónde estás? —murmuró ella estirando un brazo para acariciarle la cara.

–Aquí contigo –murmuró.

–No, aquí no –le rebatió ella sin alzar la voz y sin apenas fuerza para abrir los ojos.

Estaba en lo cierto. Él estaba en un lugar remoto y oscuro adonde no podía llevarla. Bajando la cabeza, Ethan la besó intensamente, y antes de que ella tuviera la oportunidad de continuar preguntándole, volvió a hacerle el amor.

Savannah permaneció despierta el resto de la noche, fingiendo dormir cuando Ethan se levantó y dejó la cama ya en la madrugada. Todavía no lo conocía tanto como para pedirle que se quedara, aunque a pesar de todo lo amaba. Y amarlo significaba entender que tuviera necesidad de estar solo. Lo que había sucedido entre ellos, lo que habían compartido, era mucho más de lo que ambos esperaban y Ethan necesitaría tiempo para plantearse los cambios que eso significaba.

El único incidente preocupante que empañó la noche fue cuando Ethan, dormido después de hacerle el amor, levantó un brazo como si intentara protegerse de un golpe. Savannah supuso que se trataba de algún recuerdo pasado que no podía compartir con nadie, y le dolió imaginarlo encerrado en una pesadilla donde ella no podía alcanzarlo. Ella tenía que creer que existía una llave para poner fin a aquel ciclo destructivo, y que ella tenía aquella llave.

Volviendo la cara en las almohadas, Savannah respiró su olor y suspiró satisfecha.

Con las primeras luces del alba colándose a través

de las cortinas, Savannah se desperezó y recibió el nuevo día con el corazón lleno de alegría. Ella nunca había creído en el amor a primera vista, pero ahora sí. Había oído decir que los opuestos se atraían, y ella tenía prueba de que así era. Estaba profundamente enamorada, sin duda, y después de la noche anterior Ethan no tardaría en decirle que él también la amaba.

Ethan había dejado a Savannah dormida, y más tarde evitó encontrarse con ella en el desayuno, y prefirió empezar el día saliendo a correr por los jardines del *palazzo*. Pero ni eso fue suficiente para despejarle la mente, por lo que continuó haciendo ejercicio en el gimnasio y, después de darse una ducha de agua helada, fue a nadar.

Mientras recorría de punta a punta la piscina olímpica, sólo podía pensar en una cosa: en Savannah. No podía quitársela de la cabeza.

¿La amaba?

Era una idea demasiado descabellada. Él no tenía derecho a amar a nadie. Su padrastro se lo había inculcado desde el principio, y con los años llegó a la conclusión de que era lo único cierto de cuanto le dijo el marido de su madre.

Capítulo 12

EN LUGAR de vestirse en su habitación, donde Savannah seguiría durmiendo, Ethan prefirió hacerlo en los vestuarios de la piscina, y de allí se dirigió a su despacho, el lugar desde donde dirigía su imperio empresarial. En todas sus casas tenía un despacho idéntico, una oficina modernísima con todos los avances de las últimas tecnologías, y donde no permitía la entrada de nadie. Era su versión tecnológica de una torre de marfil. Colocándose el reloj en la muñeca, se sentó en el sillón giratorio y empezó a absorber la avalancha de información que se había ido acumulando en los últimos días. Enseguida se dio cuenta de que llevaba demasiado tiempo sin contacto con el mundo exterior. Lo más importante ahora era poner a Savannah al día de la situación. Por supuesto, su intención era tomar medidas legales para protegerla de los paparazis, pero cuanto antes saliera ella de Italia, antes se libraría de él y podría continuar con su vida de siempre, con su familia y sus conciertos, lejos y a salvo de un hombre con una carga emocional tan negativa y destructiva como él.

Savannah corrió escalinata abajo sin otro pensamiento que el de Ethan. Vio a algunos de los criados moverse por el vestíbulo y se acercó a uno de ellos, sin tratar de ocultar la radiante sonrisa que le iluminaba la cara.

El joven le informó de que el señor Alexander estaba como de costumbre en su despacho, y añadió que, si quería esperarlo en la terraza, él se ocuparía de que le sirvieran el desayuno y de avisar al señor de que había preguntado por él.

–Gracias –exclamó Savannah feliz.

Al ver al ama de llaves la saludó con la mano. La mujer se acercó a ella y, tras preguntarle si necesitaba algo, Savannah aprovechó la oportunidad para hacerle algunas discretas preguntas sobre los cuadros que colgaban en las paredes del salón privado de Ethan. Tal y como esperaba, el ama de llaves le dijo que el autor era Ethan, pero que nunca se habían expuesto.

–Me gustaría abrir las ventanas y recoger unas flores. Me encantaría llenar el *palazzo* de flores, si me lo permiten.

–Señorita, tenemos un invernadero lleno de flores, pero nadie las corta.

–Oh, entonces quizá no debería hacerlo –dijo ella.

Después de todo, no era su casa, y ya había realizado bastantes cambios.

–Yo creo que sí –le animó el ama de llaves–. Si quiere, le enseñaré dónde guardamos los jarrones.

Con el jarrón de flores recién cortadas en el centro de la mesa, Savannah se sentó a desayunar en la terraza y esperar a Ethan. El recuerdo de la noche anterior estaba fresco en su memoria. Las últimas veinticuatro horas habían cambiado su mundo por completo, y el mundo en el que se había adentrado era precioso, pensó mientras recorría con la mirada los jardines verde esmeralda del *palazzo*. Además de los jardines formales, el lugar contaba con un lago, y con las contraventanas de madera que enmarcaban las ventanas y las coloristas cascadas de buganvillas que descendían por las paredes, el *palazzo* parecía salido de una romántica fantasía.

–Me alegra ver que te sientes como en tu casa.

–¡Ethan! –exclamó ella–. Me has asustado– reconoció, y llevándose las manos al pecho se sentó y trató de tranquilizarse, no fuera que él la creyera demasiado excitable o, peor aún, enamorada de él.

–No era mi intención. A lo mejor estabas soñando despierta.

–A lo mejor –reconoció ella tímidamente.

–No hay motivo para que no lo hagas. Quiero que disfrutes de tu breve estancia aquí.

Savannah palideció. O sea, que la noche anterior no había significado nada para él. Claro que no, se reprendió ella, desmoronándose por dentro. Ethan era un hombre sofisticado y ella no era más que...

¿Una tonta?

Una paleta. Una chica de pueblo, seguramente el lugar donde debía haberse quedado.

Qué ingenua había sido. Sí, se había precipitado en sus conclusiones. Aquel hombre no era el tierno amante de la noche anterior, sino un desconocido cruel e implacable que la miraba como si no fuera más que una molesta visita de la que deseaba deshacerse cuanto antes.

–¿Tienes todo lo que necesitas? –preguntó él al ver el plato vacío.

En absoluto, pensó ella, siguiendo la mirada de Ethan a su plato vacío. Pero no lo dijo.

–Te estaba esperando.

Él parecía inquieto, como si tuviera prisa y no quisiera sentarse.

–¿Ocurre algo? –preguntó ella.

–Tengo que hablar contigo –dijo él en tono frío y profesional.

–¿No les habrá pasado nada a mis padres, verdad? –preguntó ella.

–No, los dos están bien –le aseguró él–. ¿Te importa que me siente?

–Claro que no –dijo ella, tensa como un arco a punto de ser disparado.

–Los paparazis están afuera, Savannah.

–¿Aquí, en el *palazzo*? –preguntó ella, incrédula, temiendo lo peor.

–Sí, pero no te alarmes y confía en mí. No permitiré que se te acerquen –trató de tranquilizarla él al ver la preocupación reflejada en el rostro femenino–. Lo único que tienes que hacer es no dejarte ver. El único inconveniente que veo es que tendrás que quedarte aquí un poco más de tiempo.

No podía haberlo dejado más claro, pensó ella. En la vida de Ethan no había lugar para ella.

Ethan volvió a su despacho donde inmediatamente se puso en contacto con su equipo de abogados. Tenía que darles instrucciones para que tomaran las medidas pertinentes para proteger a Savannah del acoso de la prensa.

Apenas hacía unos minutos que se había separado de ella y ya la echaba de menos. No podía apartarla de sus pensamientos.

No se le habían pasado por alto los cambios que estaba realizando en el *palazzo*: los ramos de flores en la mayoría de las estancias, las ventanas abiertas que dejaban entrar el sol a raudales, la ventilación y los nuevos aires que daban una nueva vida al lugar.

¡No podía seguir así!, se dijo. Savannah era un auténtico peligro para su vida. Ella lo había encandilado con su voz, con su inocencia y con su ingenuidad, y lo había llevado a apreciar la belleza y la riqueza emocional de los tesoros de aquella mansión que había permanecido cerrada a cal y canto desde que la compró.

Marcó el número y, pasándose una mano por el pelo, se concentró en la llamada. Cuando su abogado se puso al teléfono, le dio las órdenes necesarias y después se relajó. El bienestar de Savannah estaba por encima de todo. Sus sentimientos hacia ella le habían nublado la razón por un tiempo, pero ahora todo había terminado.

No todo.

Todavía tenía su música. Buscó el mando a distancia del aparato de música, lo encendió y después le dio al *play*. A los pocos segundos la voz de Savannah lo envolvió por completo y él fue incapaz de olvidar lo especial que era. Y su obligación de protegerla, a costa de lo que fuera, incluso de sus sentimientos.

Después de hablar con sus abogados, Ethan salió al exterior e hizo unas declaraciones a la prensa. Cuando volvió a su despacho, apenas había atravesado la puerta, cuando vio la cara de Savannah en uno de los monitores. Fue algo tan inesperado que quedó un momento paralizado, hasta que se dio cuenta de que uno de los periodistas había logrado saltarse el cordón de seguridad y abordado a Savannah justo cuando ésta salía de su dormitorio.

Ethan observó la escena con ojos entornados. En lugar de huir asustada, Savannah tenía al periodista sujeto por el codo y lo llevaba hacia la puerta, sin duda con la intención de ponerlo de patitas en la calle. Sin embargo, a él le asaltó la duda. ¿Habría más periodistas merodeando por los alrededores?

Sin pensarlo dos veces, echó a correr, esta vez con una mirada asesina en los ojos.

Savannah era capaz de enfrentarse a un reportero, pero a toda una jauría de periodistas...

Capítulo 13

EN CUANTO salió a la calle Ethan se vio rodeado por una jauría de cámaras y fotógrafos. Allí estaba también Savannah, y algo debía de haberles dicho para que se arremolinaran de aquel modo a su alrededor. Ahora que habían visto a Savannah salir de su dormitorio, le costaría negar lo que había habido entre ellos, pensó mientras los periodistas formaban un arco a su alrededor. Los fotógrafos se mantenían a cierta distancia, al acecho como hienas hambrientas a la vez que intentaban captar una imagen de él con Savannah.

Ethan no la había mirado, pero era muy consciente de que estaba muy cerca de él.

–¿Es cierto que está saliendo con la señorita Ross? –preguntó uno de los periodistas–. Antes nos ha dicho que lo único que le preocupaba era el bienestar de su cantante.

¿Qué les habría dicho ella? No tenía manera de saberlo. Había pasado todo el día evitando precisamente aquella situación, pero cuando la vio mirarlo se dio cuenta de que algo había ido mal, a pesar de su valentía al echar al periodista del *palazzo*. Ethan se dio cuenta de que sólo tenía dos opciones: negar la relación existente entre ambos y dejar a Savannah en ridículo si a ella se le había escapado lo contrario, o confirmar sus declaraciones y ponerla físicamente bajo su protección. En realidad la decisión estaba tomada. Se acercó a ella y le pasó el brazo por los hombros.

Al sentir el brazo masculino por los hombros, Savannah pensó que aquello debía de ser un numerito para los periodistas, aunque como fantasía no estaba mal.

–Nunca le había visto de guardia de seguridad, señorita Ross –murmuró Ethan–, pero debo reconocer que no se le da mal.

Savannah se sintió orgullosa. Juntos formaban un buen equipo, pensó mientras Ethan se enfrentaba a la lluvia de preguntas de los periodistas.

–De uno en uno, señores, por favor –dijo Ethan levantando la mano que tenía libre para hacerlos callar–. Responderé a todas sus preguntas. O al menos –añadió con un destello en los ojos–, las que pueda.

Eso hizo reír a los periodistas. Ethan se volvió a mirar a Savannah.

–No puedo hablar por la señorita Ross –añadió, apretándola contra él, totalmente relajado ante el nutrido grupo de periodistas que esperaban ansiosos sus palabras.

Savannah, por el contrario, estaba tensa, y se tensó aún más cuando él anunció que ella tenía su autorización para decir lo que quisiera acerca de su relación.

¿Su relación?

–No que la señorita Ross necesite tenerla –continuó él encogiéndose de hombros. La miró buscando su confirmación y después accedió a responder tres preguntas–. Estoy seguro de que después todos querrán salir corriendo, así que elijan con cuidado –añadió, lo que provocó más de una sonrisa entre los presentes.

Savannah se dio cuenta de que los tenía en la palma de la mano. La primera pregunta la formuló una joven periodista, que se humedeció los labios e hizo un mohín antes de preguntarle:

–¿Niega usted que exista una relación sentimental entre su protegida y usted, Ethan?

–En absoluto –dijo él–. ¿Por qué iba a hacerlo?

–Pero la señorita Scott ha dicho...

Ethan ni siquiera parpadeó, aunque no tenía ni idea de lo que Savannah les había dicho.

–La señorita Scott sólo quería protegerme... –Ethan se volvió a mirarla y su voz se suavizó.

–¿Entonces confirman que están juntos? –insistió la misma periodista.

–Tenga cuidado –le interrumpió Ethan como si se tratara de un juez–. Es su segunda pregunta. ¿No cree que debería dejar preguntar a alguien más?

Muy a su pesar la mujer retrocedió un par de pasos.

–¿Están juntos la señorita Scott y usted? –formuló la misma pregunta un conocido periodista de un canal de televisión de ámbito nacional.

–La señorita Scott ya les han dado su respuesta a eso, y antes de que me pidan confirmación a sus palabras, por favor piensen en cómo van a escribir sus artículos. El magnate saliendo del estadio con su cantante estrella ya no es noticia, ¿no?

La audacia de Ethan sorprendió a Savannah. ¿Qué estaba haciendo, redactar una declaración para los periodistas? De cazado a cazador en tan sólo unos segundos.

–Pero debe reconocer que es un gran titular, ¿no le parece? –insistió el astuto periodista.

–¿Ésa es la segunda o la tercera pregunta? –preguntó Ethan con un brillo desafiante en los ojos.

Savannah se dio cuenta de que Ethan estaba jugando con ellos y disfrutando de lo lindo. Para él aquel intercambio no era más que un juego, un juego que estaba resuelto a ganar.

–¿Se quedará mucho tiempo la señorita Scott en el *palazzo* con usted? –preguntó el periodista, y esperó pacientemente la respuesta de Ethan mientras los demás contenían el aliento.

–Todo el tiempo que quiera –respondió Ethan, volviéndose a mirar tiernamente a Savannah cuando ésta fue a protestar.

Apretándola contra él, Ethan la hizo callar con un beso que la dejó temblando como una hoja y a todos los demás con la boca abierta.

–Lo que significa que puede que se quede una temporada –anunció él.

Cuando Ethan la soltó, Savannah tuvo que hacer un esfuerzo para que no le flaquearan las piernas. Él, sin embargo, estaba totalmente tranquilo, y continuó con su juego como si nada.

Pero ¿qué era lo que pretendía? ¿Desarmar a la prensa con mentiras? Ni siquiera ella era tan ingenua para creerlo. Su comportamiento hacia ella tenía que ser una farsa.

Cuando vio las cámaras girar hacia ella, Savannah levantó instintivamente los brazos para cubrirse la cara, y en ese momento Ethan se colocó delante de ella.

–Hemos hecho un trato –dijo con firmeza a los periodistas–, y espero que lo respeten, igual que yo. Yo respondo a sus preguntas, y a cambio ustedes respetan nuestra intimidad. ¿Cuál es su tercera y última pregunta? –preguntó poniéndose de nuevo junto a Savannah y rodeándole la cintura con un brazo.

–¿Cuánto tiempo cree que le durará esta aventura, Ethan? –preguntó otro periodista, con énfasis en la palabra aventura.

–¿No cree que sería más caballeroso dirigir esa pregunta a la señorita Scott?– el tono de Ethan era neutral, casi como si perdonara el *faux pas* del reportero.

–¿Señorita Scott?

Antes de que Savannah pudiera responder, Ethan levantó la mano.

–Ya han hecho las tres preguntas –dijo en tono seco. Y antes de que el clamor de protestas se hiciera ensordecedor, Ethan sonrió a Savannah y sugirió:– ¿Por qué no posamos para una foto oficial?

–¿Lo dices en serio? –Savannah no podía dar crédito a sus oídos.

–Totalmente en serio –respondió él curvando los labios en una seductora sonrisa.

En aquel momento, Savannah se dio cuenta de que confiaba plenamente en él. Era así de sencillo, y de complicado, pensó, colocándose junto a él.

Aquello fue la indicación para que los fotógrafos se apresuraran a buscar el mejor sitio. Los llamaron una y otra vez, pidiéndoles que sonrieran, que se dieran la mano, que se miraran. Cuando un fotógrafo les pidió que cambiaran de postura y él la colocó delante de él sujetándola por la cintura, Savannah pensó que no le importaría quedarse así para siempre.

–Una cosa más, señores –dijo Ethan cuando terminaron los flashes–. Mis abogados han enviado esta información a sus directores –explicó–. Mi equipo legal ha so-
licitado una orden de protección para la señorita Scott,
que esta mañana ha sido aceptada por un juez. Cualquier cosa que digan aparte de lo que yo les he dicho
puede acarrearles serios problemas, y por supuesto la
orden continuará protegiéndola cuando se vaya de aquí
y continúe con su carrera. No la acosen, o tendrán que
atenerse a las consecuencias.

No fue necesario decir nada más, pensó Savannah
al ver la expresión de los periodistas. Ninguno de ellos
estaba dispuesto a ser objeto de una demanda judicial
que pudiera poner su trabajo en peligro. Ethan había
actuado rápidamente para protegerla.

–Pero apenas nos ha dicho nada –se quejó el reportero astuto–. Aparte de que lo que hay entre ustedes ya
no es noticia.

Pero la mirada de Ethan dejaba claro que no había
margen para más y los demás periodistas empezaron a
recoger sus cosas y dirigirse a sus vehículos.

El teléfono de Ethan sonó y él se apartó un par de
pasos para responder a la llamada.

–¿Me disculpas? –preguntó educadamente a Savannah.

Ella asintió y esperó.

–Era el director del equipo inglés –explicó Ethan
cuando colgó el teléfono–. Los chicos ganaron el partido y quieren venir aquí a celebrarlo.

–Oh, es una noticia maravillosa.

Él la miró con severidad.

–Por si acaso no te has dado cuenta, yo no doy fiestas −le aclaró él metiéndose el móvil en el bolsillo de la camisa y echando a caminar hacia el *palazzo*.

−Pero yo sí −dijo Savannah yendo tras él.

−¿Tú sí qué?

Ethan se volvió tan deprisa que se dio contra él otra vez.

−Yo sí doy fiestas −repitió Savannah, sin dejarse avasallar pero manteniéndose a una prudente distancia de él−. De hecho, me encanta.

La posibilidad de ser humillada por algún sarcástico comentario era muy real, sobre todo teniendo en cuenta que ella tenía que abandonar inmediatamente el *palazzo*, no preparar una fiesta, pero ¿qué tenía que perder?

−Así que, si necesitas una anfitriona, aquí tienes una.

Ethan aceleró el paso.

−No.

−¿Por qué no? −insistió ella corriendo tras él.

−Por razones evidentes.

−¿Qué razones evidentes? −preguntó ella−. Ethan, por favor, espera y escúchame.

−He dicho que no, Savannah. Gracias por la oferta, pero aquí no habrá ninguna fiesta. La mitad del *palazzo* está cerrado. No ha visto la luz desde que lo compré.

−Pues la celebración con los jugadores es una excelente excusa para abrirlo. Se puede hacer, Ethan, igual que mi dormitorio. Yo puedo ocuparme de todo −se ofreció ella.

−¿Tú? −dijo él incrédulo sin detenerse.

−Sí, yo. Ni siquiera tienes que estar aquí −se apresuró a añadir ella, obligada a correr tras él para mantenerse a su altura−. A menos que quieras, claro.

–Si accedo a organizar algo, será una cena tranquila preparada por mis empleados, y después todos a la cama –le dijo él con severidad, llegando a la puerta.

–Oh... –no era lo que ella esperaba, pero al menos era algo–. Estoy segura de que a los chicos les encanta.

Ethan levantó el cerrojo del enorme portalón de madera que llevaba a las habitaciones de servicio en la parte posterior del *palazzo*.

–Bueno, ¿qué me dices? –se volvió para mirarla–. ¿Quieres quedarte otra noche?

Savannah hubiera preferido que él quisiera tenerla allí, pero no quiso perder la oportunidad. Tragándose su orgullo, dijo:

–Si mi ayuda sirve para algo, sí. Estoy dispuesta a quedarme. Tú me ayudaste, y a mí me gustaría ayudar –añadió con un encogimiento de hombros–. Es lo mínimo que puedo hacer.

Capítulo 14

MIS EMPLEADOS no necesitan tu ayuda para preparar una cena sencilla en la cocina –observó Ethan.

–Me gustaría poder ofrecer algo más al equipo, Ethan –dijo ella pensando en el viejo comedor cerrado con el mobiliario cubierto con telas blancas y las esquinas llenas de telarañas–. Buena comida y tu hospitalidad.

–De acuerdo, una cena sencilla en la cocina –confirmó Ethan.

–Tendremos que consultarlo con tus empleados, ya que es un poco precipitada.

Ethan se la quedó mirando con cierta extrañeza en los ojos.

–Al principio de la conversación, iba a ser una celebración tan discreta que ni los empleados se iba a enterar –observó.

Cierto, pero Savannah había aprendido a saber cuándo hablar y cuando callar. Y en ese momento decidió callar y ofrecer hechos consumados.

Savannah se arremangó para ayudar al servicio a preparar el abandonado comedor. Bajo las sábanas blancas, los muebles mantenían toda su belleza, y la tapicería, en seda de distintos colores, estaba prácticamente nueva.

Un par de horas más tarde, al contemplar la transformación que habían llevado a cabo entre todos, tanto ellas como los criados exclamaron con sorpresa. Pero ¿compartiría Ethan su reacción, o se enfurecería? Echando un último vistazo a su alrededor antes de salir, Savannah pensó en aquello como su única oportunidad para ofrecer a Ethan una velada inolvidable antes de regresar a Inglaterra.

El jefe de cocina se superó a sí mismo, trabajando sin parar en la cocina, y cuando el ama de llaves terminó de encender todas las velas que iluminaban románticamente el comedor, Savannah pensó que nunca había visto un comedor tan hermoso y dejó que sus ojos recorrieran los techos altos y el exquisito artesonado, las ventanas con sus trabajados parteluces, el brillo de las velas, la larga mesa ovalada vestida con una elegante mantelería de lino, las copas de cristal y la mejor cubertería de plata de la casa que se había sacado para la ocasión.

Ethan había enviado un mensaje diciendo que se retrasaría y que empezaran sin él. ¿Qué pensaría cuando viera que había abierto el comedor cuando esperaba únicamente una cena en la cocina? ¿Cuál sería su reacción?

Probablemente no muy positiva para ella, pensó Savannah, pero lo importante era que Ethan viera las posibilidades. Todo el servicio colaboró con entusiasmo en los preparativos, e incluso ella se dejó convencer para ponerse el traje de gala rosa que todavía no había estrenado.

A Ethan le molestó llegar tarde, pero no pudo evitarlo. La reunión se había alargado más de lo previsto y el equipo inglés ya estaba en el *palazzo* cuando él regresó. Al entrar oyó risas masculinas al otro lado del vestíbulo. Subió corriendo a su dormitorio y, tras ducharse y cambiarse de ropa, bajó a reunirse con Savannah y sus invitados.

Fue al bajar cuando se dio cuenta de que las voces y risas no procedían de la cocina, sino del comedor. Frunció el ceño y retrocedió. Aquel comedor llevaba años cerrado.

Uno de los criados le abrió las dos puertas con una floritura y él se detuvo en el umbral momentáneamente perplejo. Delante de él, el comedor revestido de paneles de roble había recuperado todo su esplendor. Era un paraíso de colorido y calor, y el sonido de las risas lo atrajo hacia su interior.

En el centro estaba Savannah, más espectacular que nunca.

Con la melena rubia y rizada cayéndole sobre la espalda, la joven tenía un aspecto etéreo a la vez que glamuroso y femenino. Era la anfitriona perfecta, enfundada en un espectacular traje de noche rosa pálido que marcaba delicadamente su voluptuosa figura. Era una mujer de verdad, una mujer con clase. En sus ojos claros brillaba una cálida luz, y se la veía totalmente relajada en compañía de todos aquellos hombres. Sin duda era una mujer acostumbrada a trabajar con hombres en la granja de sus padres, lo que explicaba la naturalidad con la que trataba a los miembros del equipo.

–Ethan...

Al verlo, su expresión se iluminó y se dirigió hacia él tendiéndole los brazos para invitarlo a pasar.

–Ven –dijo ella–. Tus invitados te esperan, Ethan.

A partir de aquel momento, toda su atención se centró en ella, y aunque pronto se vio inmerso en la camaradería del equipo, no dejó de tenerla en su mente y en sus ojos ni un solo momento.

Los chicos del equipo departían y reían de buena gana, y Ethan tuvo que reconocer que lo que Savannah había organizado para ellos era mucho mejor que una sencilla cena en la cocina. Poco después, él se unió a las conversaciones y a las risas. Lo que Savannah había hecho por el equipo les hacía sentirse especiales. Y a él también.

A Savannah le emocionó ver que Ethan era toda una inspiración para los jugadores más jóvenes. Todos le mostraban el máximo respeto. Ante la insistencia de Ethan, estaba sentada a su lado. La idea de que sería la última ocasión de hacerlo le resultaba insoportable.

–Por Inglaterra, ganadora del torneo de las Seis Naciones –dijo él poniéndose en pie para hacer un brindis–. Y por el único de los presentes que no tiene una nariz rota.

Savannah tardó un momento en darse cuenta de que Ethan alzaba la copa hacia ella, y todo el mundo se echó a reír.

–Por nuestra elegante anfitriona, la encantadora Savannah Ross.

–¡Por Savannah Ross! –corearon todos al unísono alzando las copas.

Savannah se ruborizó, pero Ethan todavía no había terminado con ella.

–¿Nos cantarías algo? –murmuró discretamente, acariciándole la mejilla con su aliento cálido.

A ella le emocionó la petición, pero le aterraba la idea de cantar allí mismo, ante personas cuyas caras podía ver perfectamente. Allí no podría ocultarse tras los focos deslumbrantes de un escenario.

–No creo que los muchachos quieran oír mi interpretación de la *Canción a la luna* de Rusalka –respondió ella riendo.

Pero Ethan no se dejaba disuadir tan fácilmente.

–Me parece el aria perfecta –dijo Ethan mirando alrededor de la mesa.

Todo el mundo estuvo de acuerdo y todos esperaron en silencio.

Savannah no estaba segura de poder hacerlo. ¿Sería capaz de cantar la canción de la ninfa acuática hablándole a la luna de su amor por un hombre? ¿Y podría hacerlo con Ethan mirándola?

Ayúdalo en sueños a pensar en mí...

–No te sientas obligada –dijo él.

Apoyando los dedos en la mesa, Savannah se puso lentamente en pie.

Luna plateada, que brillas en el inmenso y eterno cielo...

Savannah apenas recordaba lo que ocurría tras el primer verso porque rápidamente se vio inmersa en la música y en el significado de las palabras. No regresó a la realidad hasta que oyó a todos aplaudiendo y lanzando vítores.

–Has cantado maravillosamente –dijo Ethan a su lado, mirándola profundamente a los ojos.

Savannah se relajó y, riendo, sacudió la cabeza para restar importancia al cumplido. Después, golpeando la copa de agua con una cuchara, se ofreció a cantar un bis si los muchachos del equipo aceptaban a hacer los coros.

Después de asesinar todas las canciones que se les ocurrieron, los jugadores se retiraron y Savannah insistió en cambiarse y quedarse a ayudar al servicio a recoger.

–Es tarde –dijo a Ethan–, y todos están cansados. Ha sido una velada encantadora, gracias a los esfuerzos de tus empleados. Por eso quiero ayudarlos.

–Entonces yo también me quedo –dijo él, dando órdenes al servicio para que se retiraran.

–Nunca pensé que me atrevería a cantar delante de un grupo tan pequeño de personas –reconoció Savannah mientras recogía el comedor–. Tú me has dado el valor para hacerlo.

–Me alegro de que tu breve estancia aquí sirva para darte confianza en ti misma.

Savannah no oyó nada más. Sus esperanzas se desvanecieron por completo. Había intentado decirle que juntos formaban un gran equipo, pero ella lo había ignorado. Claro que al menos podía dejar de preocuparle la posibilidad de haber desnudado por completo su alma con la apasionada interpretación del *Canto a la luna*.

–Esta noche has estado magnífica –dijo él abriendo la puerta para llevar una bandeja a la cocina–. Me alegro de que te hayamos contratado, Savannah Scott.

A Savannah el corazón se le hundió aún más. Para él lo que había entre ellos no iba más allá de una relación profesional.

Cuando él regresó, ella todavía continuaba inmóvil en el mismo lugar.

–Creo que ya hemos terminado –dijo él.

–Eso parece –dijo Savannah mirando a su alrededor–. ¿Qué? –le preguntó al verlo mirarla fijamente.

Tenía que ignorar aquella mirada. Los recuerdos de la noche anterior provocaron una fuerte sacudida eléctrica por todo su cuerpo, algo que también debía ignorar. Lo que tenía que hacer era salir del comedor.

–Perdona, por favor –dijo tratando de ir hacia la puerta.

–Pensé que querrías compartir una última copa conmigo –dijo él moviéndose hacia ella y cerrándole el paso.

Toda su fuerza de voluntad se hizo añicos. Quería que Ethan le hiciera el amor una vez más, la ultima, aunque sabía que el sexo no sería suficiente. Ella quería más. Lo quería por completo.

Pero si lo único que había entre ellos era sexo, ¿qué?

Capítulo 15

NORMALMENTE no te cuesta tanto decidir, Savannah.

Era cierto. El tono de voz de Ethan, tan ronco y sensual, multiplicó el deseo que sentía por él.

–Un vaso de agua –dijo por fin, traicionándose a sí misma.

¿Qué estaba haciendo? ¿No acababa de decidir que iba a retirarse a su habitación y dejar de pensar en él? Se había vendido por un vaso de agua, y Ethan no parecía tener intención de apartarse de en medio.

La deseaba. La amaba. Aquella noche Savannah lo había impresionado con su actitud y su comportamiento, pero lo que sentía por ella era mucho más que orgullo. Savannah había llenado su hogar de luz y de risas, y él nunca podría agradecérselo lo suficiente. Ella se había esforzado como nadie para que sus amigos se sintieran como en casa, y los había tratado como la perfecta anfitriona. Ethan nunca olvidaría los rostros de sus amigos al escucharla cantar.

–Ha sido una velada excelente, Ethan. No la estropeemos ahora.

–¿Estropearla?

–Sabes que tengo que irme mañana.

Así que no lo alarguemos innecesariamente, le estaba diciendo. Y sí, debería dejarla marchar.

–Ha sido una noche fantástica –afirmó él reprimiendo la pasión.

Pero en su interior había fuerzas que pudieron más que la razón. Savannah era suya. La deseaba. La amaba. La necesidad y el deseo de poseerla lo abrumaban, y cuando ella percibió el cambio en él y se le dilataron las pupilas, él la rodeó con los brazos y la apretó contra él.

Aquello estaba mal. Se estaba engañando a sí misma. Pero también era lo único que quería en ese momento. Savannah hizo un esfuerzo para resistirse, apoyando las manos en el pecho masculino, pero cuando lo miró a los ojos y él murmuró una frase infinitamente erótica, Savannah se rindió. Ethan entendía perfectamente las necesidades de su cuerpo y sabía cómo excitarla en todos los sentidos. Él sabía exactamente cómo ofrecerle un mar de placer, hasta dejarla totalmente rendida a sus caricias y sus besos.

Savannah gimió suavemente mientras él la acariciaba con los labios, con la lengua, con los dientes, recordándole lo que vendría después. Lo sintió firme y duro pegado a ella, mientras con las manos le acariciaba los senos.

Pegado a su cuerpo, moviéndose eróticamente contra ella, Ethan la llevó hacia la puerta. Sin soltarla, echó el cerrojo.

–¿Estaremos aquí encerrados mucho tiempo? –preguntó ella hundiéndole los dedos entre los mechones rizados y tirando de él.

–Todo el tiempo que sea necesario –repitió él roncamente, acariciándole los labios con la boca.

Savannah suspiró y, fundiéndose con él, susurró:

–Bésame.

Pero en lugar de hacerlo, Ethan la alzó en el aire y la llevó al otro extremo del comedor.

–¿Qué haces? –quiso saber ella cuando él la tendió en la alfombra.

–Una alfombra cálida y mullida siempre es mejor que una mesa, ¿no crees?

Las mejillas femeninas se encendieron cuando ella se dio cuenta de que las intenciones de Ethan eran hacerla suya en cualquier lugar, en cualquier momento, de cualquier manera, igual que en sus fantasías más íntimas.

–¿Por qué no se me habrá ocurrido? –murmuró ella pegándose a él.

–¿Porque aún tienes mucho que aprender?

–Todo –lo corrigió ella.

–Yo te enseñaré. ¿Por dónde quieres que empiece?

–Por aquí –dijo ella llevándole una mano al pecho.

Pero Ethan la sorprendió de nuevo. La volvió bajo él y, sujetándole ambas muñecas por encima de la cabeza, empezó a desabrocharle el vestido. Después, con sus manos grandes y cálidas, le tomó las nalgas y se movió contra ella, acariciándola y sosteniéndola a la vez, moviéndola con él. Savannah se sentía amada y protegida, y se olvidó por completo de que a la mañana siguiente debía partir lejos de él.

Envuelta en la pasión del momento rodeó el cuerpo

masculino con las piernas y se dejó llevar una vez más por la pasión que él despertaba en ella.

Su intención había sido llevar a Savannah a la cama y pasar toda la noche haciéndole el amor, pero allí, delante de la chimenea y a la luz de las velas, estaban todos los elementos románticos que ella pudiera desear, y él quería ofrecerle el recuerdo más romántico de su vida. Entre ellos continuaba existiendo la barrera de su frío e insensible corazón, pero aquella noche Ethan tenía la oportunidad de tenerla en sus brazos y contemplarla mientras dormía. Quería recordarla así, segura y confiada. Y quería protegerla. Protegerla de él.

Sabía lo que debía hacer, se recordó Ethan. La despertó con un beso, como un príncipe en un distorsionado cuento de hadas. Pero aquel cuento no tenía un final feliz. Savannah le sonrió adormecida, y sujetándole la mano se la llevó a los labios.

El temor a que ella dijera «te quiero» lo llevó a volver a besarla, esta vez no para despertarla, sino para callarla. Él no quería llevarla a su frío y tenebroso mundo, pero en cuanto la soltó, ella planteó la pregunta que más había temido.

—Ethan, háblame de tus cicatrices.

Ethan volvió la cara, maldiciéndose por su arrogancia al creerse capaz de hacer que Savannah se olvidara de sus prioridades.

—¿Qué quieres saber? —dijo él con frialdad.

—Todo.

Él se encogió y se apartó levemente de ella.

—Ethan, ¿por qué te parece tan mal que quiera estar

cerca de ti cuando acabamos de hacer el amor? –insistió ella con ternura–. Quiero saber quién te lo hizo y por qué. Supongo que puedes confiar en mí lo bastante para contármelo.

Ethan se distanció aún más, tanto física como psicológicamente.

–Puedo entender tu morbosa fascinación –dijo él en un murmullo lejano, recordando otras ocasiones cuando sospechaba que la pregunta buscaba cierto morbo.

–¿Morbosa fascinación? –repitió ella–. Ethan, no me conoces para nada. ¿Cómo puedes pensar que soy tan superficial y vacía?

–¿No lo sois todas las mujeres? –dijo él con una amargura que fue incapaz que ocultar.

–No sé qué clase de mujeres has conocido en el pasado –le repuso ella con apasionamiento–, y no quiero saberlo, pero puedo asegurarte que yo no soy una mujer superficial –Savannah alzó la voz, con el cuerpo tenso, y le sostuvo la mirada. Pero tras un momento su actitud cambió–. ¿Tuvo algo que ver tu madre?

Todo él se rebeló ante aquella intromisión en la parte más profunda de su alma.

–¿Cómo podrías saberlo?

–No se me ocurre nada más terrible que ser traicionado por una madre, y lo que tuvo el poder de hacerte tanto daño tiene que ser algo así de terrible.

–¿O sea que crees que me conoces en cinco minutos?

–Te conocí desde el momento que te vi –dijo ella con toda sinceridad–. Te conocí desde ese momento, Ethan.

Durante un largo rato ninguno de los dos habló, y

después él empezó a contarle una parte de los terribles sucesos de su pasado...

—¿Esto te lo hizo un hombre, Ethan? —preguntó ella con incredulidad, decepcionada ante la falta de confianza de él en ella—. No te creo. No creo que esto fuera un ataque al azar. Nadie podría habértelo hecho, a menos que estuvieras inconsciente.

O a menos que hubiera sido un grupo de hombres, pensó Savannah. Por cómo había descrito a su padrastro, el hombre había sido un cobarde sin la fuerza física necesaria para someter a Ethan y vapulearlo de aquella manera.

—¿Podemos cambiar de conversación? —dijo él entre furioso e irritado.

—No, no podemos. Quiero la verdad, Ethan. Toda la verdad. Acabamos de hacer cosas muy de adultos, y ya es hora de que dejes de tratarme como a una niña.

Capítulo 16

EL TORSO desnudo de Ethan tenía todo el aspecto de haber sido arañado una y otra vez con una horca con las puntas de sierra.

—Esto tuvo que hacértelo un grupo de hombres —insistió Savannah, segura de que no se equivocaba.

—Dímelo tú, que pareces saberlo todo —le espetó él, tenso y serio.

La tensión en él la asustó, pero no podía dejarlo. Si no era capaz de llegar a él en ese momento, no lo conseguiría nunca. Y decidió ir a por su machismo con toda la artillería.

—No debes sentirte avergonzado si fuiste atacado por un grupo de hombres.

—¿Avergonzado? —bramó él, tal y como ella había esperado—. ¿Crees que me siento avergonzado?

—¿Qué quieres que piense si no me lo dices?

—¿Puedo sugerirte que no pienses en ello, ya que no es asunto tuyo?

El corazón de Savannah latía tan fuerte que parecía que iba a salírsele del pecho, pero no podía dar marcha atrás.

—Si lo nuestro significa algo para ti, si puedes confiar en mí...

Ethan ya estaba buscando la camisa.

—Vístete —le ordenó dándole la ropa.

No podía seguir con ella. Esa vez Savannah había ido demasiado lejos.

Savannah se vistió rápidamente, decidida a llegar hasta el final y, sin terminar de abrocharse la ropa, corrió a la puerta y le cortó el paso.

—Cuéntamelo. Cuéntamelo todo, Ethan. No me moveré de aquí hasta que lo hagas.

Ethan la miró desde su altura como si no fuera nada más que una irritante mosca de la que podría liberarse de un manotazo, pero unos segundos después pareció relajarse y por fin habló.

—Un grupo de hombres me atacaron con bates de béisbol. Y cuando estaba inconsciente me cortaron —dijo él con la misma intensidad como si estuviera leyendo la lista de la compra—. ¿Contenta, Savannah?

—Para nada —dijo ella, con náuseas en el estómago—. ¿Por qué que lo hicieron? —quiso saber.

—No sigas.

—¿Por qué?

—De esto no hablo con nadie, ni contigo ni con nadie —respondió él con los ojos clavados en ella.

—Tuviste suerte de sobrevivir...

—He dicho que de ese tema no hablo con nadie —dijo él con expresión pétrea.

Y aprovechando un momento de debilidad, apartó a Savannah de la puerta, la abrió y salió.

Por un momento Savannah fue incapaz de reaccionar, pero enseguida salió al pasillo y lo siguió escaleras arriba. Al llegar al rellano, Ethan se detuvo y la sujetó por el brazo.

—¿Es que no hablamos el mismo idioma? —le preguntó atrapándola contra la pared.

Savannah trató de zafarse de él y quiso suplicarle que la soltara, pero él le robó cada frase de los labios con un beso.

–¿Ocultando la evidencia del deseo? –preguntó al verla cubrirse la boca con el dorso de la mano.

–Te quiero –respondió ella sin avergonzarse–. Claro que respondo a tus besos –se apartó la mano de la boca y le mostró los labios hinchados–. ¿Por qué me ocultas tu dolor, Ethan?

–Oh, por favor, ahórrate el psicoanálisis barato –se echó a reír a Ethan.

–O sea, que ahora tú vuelves a encerrarte en tu torre de marfil –dijo Savannah–, y yo a la casa de mis padres en Inglaterra.

–Estarás más segura allí.

–Más segura –repitió ella–. Contigo no hay compromiso, ¿verdad?

–No –confirmó él.

–Entonces, por esa misma regla, tendrás que aceptar que yo no tiraré la toalla contigo.

Ethan cruzó los brazos y se apoyó de espaldas contra la puerta, observándola con ojos entornados, sabiendo que Savannah deseaba ser seducida de nuevo por él. Tenía un peligroso poder sobre ella, pensó Savannah. El placer que Ethan podía ofrecerle era inimaginable y ella nunca se cansaría de él. Pero no podía permitir que su cuerpo cálido y firme la alejara de la realidad de sus vidas.

–No me iré hasta que me digas por qué te lo hicieron –repitió ella con firmeza.

–¿Te niegas a irte de mi casa? –rió él.

–¿Qué es lo peor que puede pasar, Ethan? ¿Qué des por terminado mi contrato?

Los ojos masculinos se entrecerraron sorprendidos, como si eso no se le hubiera ocurrido nunca.

–Para mí tu vida es más importante que un contrato discográfico –dijo ella, desnudándose totalmente ante él.

Era cierto. Lo daría todo por él, y ahora él también lo sabía. Si se burlaba de ella, todo había terminado.

Ethan continuó donde estaba, con los brazos cruzados, observándola.

–Por favor –insistió ella, estirando las manos.

–Créeme, no quieres saberlo –dijo él encogiéndose de hombros, pero con el mismo tono monótono de antes empezó a hablar.

Le contó las palizas que comenzaron siendo él muy niño y que continuaron con los años hasta que su padrastro contrató a una banda de matones para terminar el trabajo. Para ello eligió la semana que Ethan supo que había sido seleccionado para jugar en la selección inglesa de rugby.

–Se aseguró de que nunca más podría volver a jugar. Y para rematarlo, me dejó las cicatrices.

Savannah tenía un nudo en el estómago. Empezaba a entender el porqué del misterioso mundo de Ethan y su enigmática actitud.

–Antes de ser detenido, mi padrastro y mi madre vinieron a verme al hospital. Supongo que quería comprobar que el trabajo estaba hecho a su satisfacción antes de pagar.

A Savannah se le revolvieron las entrañas al pensar en tanta maldad.

–Sigue.

–Su objetivo era asegurarse de que nadie volviera a mirarme sin sentir asco, y ¿con quién mejor comprobarlo que con mi propia madre?

–No puedo creer que tu madre se lo permitiera.

–Me temo que tu infancia fue muy diferente a la mía –dijo él con mi padrastro–. Digamos que mi padrastro consiguió su objetivo.

–No, de eso nada. Tú tienes un corazón y una personalidad que están muy por encima de todo lo que él te pueda hacer –dijo ella con pasión.

–Y unas cicatrices que fascinan a las mujeres –añadió él con cinismo–. Lo sé.

–No te atrevas a decir que eso es lo que siento, porque no es cierto –le aclaró ella sin dudarlo, y cerrando la distancia que los separaba, le rodeó el cuello con los brazos y lo miró a los ojos–. No puedo dejarte así.

Soltándole los brazos con suavidad, Ethan se apartó.

–Déjalo ya, Savannah.

–¡Nunca!

Pero ya lo notaba encerrándose de nuevo en sí mismo, y no supo cómo hacerlo salir de allí.

–Buenas noches, Savannah –dijo él dándole la espalda y alejándose, terminando definitivamente la conversación.

A la mañana siguiente, cuando Savannah entró en el comedor todo el mundo empezó a aplaudir.

–¿Qué? –preguntó ella, sonriendo y mirando a los jugadores sentados alrededor de la mesa, pero sintiendo los ojos de Ethan clavados en ella.

–Tu disco ha debutado en el primer puesto de ventas de música clásica.

Debería sentirse en las nubes. Era por lo que su equipo y ella llevaban años trabajando, y su éxito era muy importante para la compañía discográfica de Ethan, así que debía sentirse agradecida, se dijo, forzando una sonrisa.

–Todos queremos un autógrafo –dijo uno de los jugadores, ajeno a los pensamientos de Savannah.

–¿Puedes firmarme uno para mi hermana? –preguntó otro–. Sueña en llegar a ser algún día cantante como tú.

–Haré algo mejor que eso –dijo ella pidiendo una hoja de papel. Ethan arrancó una de un cuaderno y ella garabateó algo–. Dáselo a tu hermana. Es mi número de teléfono. Dile que me llame. Si puedo, le ayudaré.

Entre sonrisas y felicitaciones, interpretando el papel de la anfitriona feliz, Savannah logró sobrevivir al resto de la mañana hasta que el equipo se despidió.

Cuando por fin quedaron solos, Ethan le pidió que lo acompañara a su despacho. Allí le entregó un sobre.

–¿Qué es? –preguntó ella.

–Tu billete en primera a Londres –dijo él, manteniéndose en todo momento distante tanto física como emocionalmente–. Quiero que viajes con todas las comodidades.

Savannah quiso decir algo, pero no le salieron las palabras.

–Mi chófer te llevará al aeropuerto y de allí te...

–Ethan –le interrumpió ella–. No necesito ningún chófer para ir al aeropuerto, y no necesito viajar con todas las comodidades.

–Sales dentro de una hora –dijo él como si no la hubiera oído–. No creo que tardes mucho en recoger tus cosas.

–No, no tardaré mucho.

Apenas tenía un par de trajes y el neceser.

–Bien, entonces ya está todo listo. Y no quiero que te preocupes por los fotógrafos –añadió él.

Savannah asintió con la cabeza. Después de conocer lo que había sufrido, entendía la frialdad de su corazón, pero no que se negara al abrazo del amor.

–¿De acuerdo? –continuó él con una sonrisa breve y forzada, de las que se utilizan para poner fin a una embarazosa situación.

–De acuerdo –repuso ella.

Ethan tenía los puños apoyados en la mesa y se inclinaba hacia ella, como para enfatizar su preocupación. Claro, ella era una valiosa propiedad de su compañía discográfica, y tenía que protegerla. Entre ellos no había relación personal. Savannah se metió el sobre en los vaqueros.

–Iré a prepararme –dijo, tirando la toalla definitivamente.

¿Qué más podía decir? ¿Suplicarle que le dejara quedarse? Y si lo hacía, ¿lograría ablandarlo?

La realidad de un hombre tan intocable e inamovible la afectaba profundamente. Lo mejor era marcharse antes de decir o hacer algo de lo que se arrepintiera, se dijo. Amaba a Ethan con todo su corazón, pero en la mirada masculina no había ni el más mínimo destello de interés. Después de darle las gracias una vez más por todo lo que había hecho por ella, hizo lo único que podía hacer: marcharse.

Capítulo 17

ETHAN escuchó el ruido de la limusina alejarse con Savannah hacia el aeropuerto, esperando un alivio que nunca llegó. Savannah lo buscó poco antes de marcharse para agradecerle su «hospitalidad». Cuando ella lo dejó para ir a recoger sus cosas, él se quedó en su despacho, en principio terminando la compra de una casa de campo en Surrey, pero sus pensamientos estaban en Savannah. No podía obligarla a vivir a su lado. Ella era joven e idealista, y con el tiempo se daría cuenta de que Ethan tenía razón. Se alegraba de que se hubiera ido, se dijo, mirando por la ventana a un paisaje que ya no era perfecto sin Savannah en él. Quizá si se lo repetía muchas veces, llegaría a creerlo.

Recordó sus palabras de despedida:

–Tienes una casa preciosa, Ethan. Cuídala. Y empieza otra vez a pintar, tienes mucho talento.

–El talento es tuyo –le había respondido él.

–Pinta cosas felices, y no las escondas, Ethan. Exponlas.

Era otra manera de decirle que dejara las luces encendidas.

Savannah había hecho más que dar vida al *palazzo*. Le había puesto un espejo delante de los ojos, dándole la oportunidad de ver lo que podía ser.

Pero eso, si acaso, le dio más motivos para dejarla marchar. No podía echarle encima el peso de su oscuro pasado. Savannah merecía algo mejor que él, y ahora que su carrera profesional había avanzado a pasos agigantados, no podía interferir.

Era como si su mundo se hubiera derrumbado por segunda vez, pensó Savannah al cerrar la puerta principal tras la visita de los alguaciles judiciales. Apenas llevaba a cinco minutos en la granja de sus padres cuando los dos hombres llamaron a la puerta.

—Sus padres han pedido demasiados créditos —le dijeron los enviados del juzgado cuando ella les aseguró que tenían que haberse equivocado de dirección.

Desafortunadamente no era así. El único motivo por el que le dieron un poco de margen fue porque querían su autógrafo.

Consciente de que sólo estaban haciendo su trabajo, Savannah les firmó sendos autógrafos antes de ir al banco a buscar dinero suficiente para que la dejaran en paz, al menos de momento.

Después, mientras tomaba una taza de té, agradeció no haber gastado ni un penique del primer talón por derechos de autor recibido de la discográfica. Pero la orden judicial seguía en pie, y a ella le correspondía solucionar los problemas económicos de sus padres antes de que éstos regresaran del crucero.

Una inesperada llamada proporcionó a Savannah una oportunidad igual de inesperada, aunque no podía aprovecharla.

—Soy la última persona que pueda tener ningún tipo

de influencia sobre Ethan Alexander –explicó al representante de la federación nacional de rugby.

Pero el hombre insistió y continúo hablando. Entonces Savannah pensó que quizá habría una oportunidad para salvarlos a todos.

–¡Y yo he dicho que no! –Ethan se levantó del sillón giratorio y empezó a pasear como un león enjaulado por su despacho–. Mis días de rugby terminaron hace mucho tiempo –recordó al representante de la federación nacional de rugby–. Yo no puedo hacer nada, y ésa es mi respuesta definitiva.

El hombre continuó hablando y Ethan apretó la mandíbula.

–¿Qué?

Aquello cambiaba las cosas.

–No, no lo sabía ¿Cuándo ha ocurrido?

Su expresión se fue ensombreciendo a medida que escuchaba la noticia al otro lado del teléfono. Podía negarse a muchas cosas, pero nunca le daría la espalda a Savannah.

Ahora su respuesta no podía seguir siendo un rotundo no.

Casi un mes más tarde Savannah esperaba la llegada del helicóptero de Ethan en un prado de la granja de sus padres. Llevaba muchas noches sin dormir anticipando aquel momento, preparándose mentalmente para verlo de nuevo.

Todo el mundo saltó de alegría el día que Ethan accedió a ser el patrocinador de la nueva academia de rugby que se había creado aprovechando parte de los terrenos de la granja de sus padres que estaban en desuso. Savannah también lo celebró en silencio, sabiendo que aquello marcaba la vuelta de Ethan al mundo.

Desde aquel momento, las cosas avanzaron con gran celeridad. Savannah convenció a sus padres para alquilar parte de los terrenos de la granja a la Federación Nacional de Rugby, lo que les supuso una importante inyección de dinero y la oportunidad de salvar la granja. Su única ansiedad ahora era volver a vez a Ethan. Cuando el helicóptero apareció en el cielo, se dijo que podía hacerlo, y que aquél era el mejor momento. Todo estaba preparado y a punto, e incluso el alcalde del pueblo había aceptado una invitación para cortar la cinta a la entrada de las nuevas instalaciones.

Claro que al ver a Ethan sentado al mando del helicóptero, todas sus buenas intenciones se desvanecieron. Iba a ser su primer encuentro cara a cara desde La Toscana, y ella lo amaba tanto como siempre. Pero aquél no era el momento de lamentarse. El proyecto era demasiado importante, y ella debía recibir al invitado de honor.

Ethan la vio inmediatamente. Incluso entre la multitud de niños entusiasmados y los trajeados representantes locales, Savannah destacaba con su presencia y con el lugar que todavía ocupaba en su corazón.

Aunque en aquel momento ella debería estar en Salzburgo, preparándose para dar un concierto, recordó, no en un campo de rugby, vestida con un chándal y la melena rubia recogida en una coleta. Lo cierto era que estaba más bella que nunca.

Las horas siguientes iban a ser un duro simulacro de su vida futura sin ella, pero su decisión era firme. Al bajar del helicóptero, le vio la cara. ¿Estaba sonriendo? Esperaba que no, al igual que esperaba que ella recordara la distancia que él había puesto entre los dos al final de su estancia en el *palazzo*. No quería ver el amor en sus ojos. Quería saber que ella había rehecho su vida.

Su relación de pareja no habría funcionado, se dijo mientras se dirigía hacia ella. Él no podía vivir con alguien sin sentido de la responsabilidad. La ruptura de sus obligaciones contractuales en Salzburgo lo sorprendieron, ya que además Savannah se había arriesgado a perder el contrato de la compañía discográfica. De hecho, su equipo lo estaba presionando para dar por terminado el contrato.

Ahora que estaba tan cerca de ella una explosión de sensaciones estalló en su interior, y se alegró cuando el director deportivo de la selección de rugby dio un paso al frente y le ofreció la mano.

Con un suspiro de alivio, Ethan fue saludando a las autoridades locales, aunque no pudo evitar ser consciente de la fragancia femenina que flotaba en el aire.

Después, dejándose llevar por los dignatarios, entró en las nuevas instalaciones del club donde se había preparado una pequeña recepción. Allí, al volverse, encontró a Savannah a su lado. La saludó formalmente antes de señalar con la cabeza a un despacho que se veía detrás de una ventana interior. Allí podrían hablar en privado y sin interrupciones.

–¿Podemos hablar un momento en privado?

–Hola, Ethan –dijo ella, suavemente.

Al oír su voz él sintió una punzada de remordimientos y de nostalgia por todo lo que hubiera podido ser y no era. Además, ¿qué iba a hacer, decirle que había suspendido su contrato por culpa de aquella maravillosa ocasión de la que ella era en buena parte responsable?

En la mirada femenina había una inquietante comprensión y se dio cuenta de que Savannah lo conocía demasiado bien. Ella sabía que en cuanto él tomaba una decisión, no habría vuelta atrás, pero sin dudarlo echó a andar delante de él y entró en el despacho.

Ethan cerró la puerta tras él y empezó su discurso sin preámbulos, enunciando todas las razones por las que incumplir sus obligaciones para asistir a la inauguración de unas instalaciones deportivas que no tenían nada que ver con su carrera era inaceptable. Ella lo miraba sin mover un músculo de la cara.

Cuando por fin habló, el rostro de Savannah se contorsionó de rabia, y después dijo algo ininteligible.

–Tranquilízate, por favor –dijo él–. No he entendido ni una palabra de lo que has dicho.

Savannah levantó una mano y se la pasó por la garganta.

–He perdido la voz –dijo ella con un ronco hilo de voz, haciendo un gran esfuerzo.

Cuando Ethan asimiló aquellas palabras deseó que se le tragara la tierra. ¿Cómo había podido precipitarse de aquella manera? ¿Cómo pudo equivocarse tanto? Tan tenso había estado ante la idea de volver a verla, que no se había detenido a considerar todos los hechos. Y ahora se daba cuenta de que el motivo de cancelar el concierto en Salzburgo era una importante afonía.

–Por favor, perdóname –le pidió él tenso, entendiendo por fin aquella furiosa expresión en los ojos femeninos–. Acepta mis disculpas, por favor. No me había dado cuenta de que...

Si había esperado que ella le perdonara sin pensarlo dos veces, estaba muy equivocado. Savannah, después de mirarlo a la cara con dureza, giró sobre los talones y salió.

Capítulo 18

ETHAN encontró a Savannah en la acogedora cocina de la granja donde ella estaba tomándose una taza humeante de un líquido caliente y aromático.

–Savannah.

Cuando ella se volvió a mirarlo, Ethan vio el dolor en sus ojos y el temblor de los labios. Le hizo una indicación para que no se acercara a ella, pero él no obedeció.

–Savannah, por favor –dijo él, pero se detuvo en mitad de la cocina al ver las lágrimas en los ojos femeninos.

Ella sacudió la cabeza y le indicó con la mano que no se acercara.

–No tenía ni idea –se disculpó él–. Acabo de volver y no sabía que... Tenía que haber comprobado los motivos antes de decirte lo que te he dicho, pero sólo quería...

Las finas cejas femeninas se arquearon en una interrogación.

–Bueno, vale –reconoció él pasándose los dedos por el pelo–. Sólo quería verte. Ya está, lo he dicho. Quería verte.

Ella resopló.

–Savannah, por favor.

Levantando la mano, ella lo empujó para apartarlo, pero no le fue tan fácil.

¿Cómo iba a responderle si apenas podía hablar? Los gestos y las miradas furiosas sólo podían expresar una parte de lo que sentía y pensaba, y no eran suficientes.

–Sólo por curiosidad –continuó él–. ¿Quién te sustituye en Salzburgo?

Savannah se llevó una mano protectora a la garganta y con cierta dificultad logró susurrar roncamente:

–Madame de Silva.

Ethan sonrió al recordar a Savannah aquella primera tarde en el estadio, cuando ella fue la suplente de la gran diva.

–Pero Madame de Silva no estará ni la mitad de guapa que tú con ese chándal –dijo él.

Y sin poder contenerse, bajó la cabeza y la besó en los labios con infinita ternura. Por un momento pensó que ella lo iba a apartar de un empujón. Savannah estaba llorando, notaba las lágrimas rodándole por las mejillas y humedeciéndole los labios.

–Te contagiaré –le advirtió ella cuando él la soltó.

–¿El resfriado? –dijo él–. Eso espero –dijo, y volvió a besarla.

Justo cuando él la soltó la puerta se abrió y entró un montón de gente. Fuera acababa de empezar a llover y los invitados habían corrido a ponerse a refugio.

Ethan se apresuró a presentarse a los padres de Savannah, y después ella lo observó charlar animadamente con todo el mundo. Ya no se podía pensar en él como el mismo hombre que conoció en Roma. Cuando se relacionaba con la gente, irradiaba afabilidad. Quizá ese podía ser su siguiente proyecto, se dijo Savannah. Entrenar a jóvenes con lesiones similares a las de Ethan y ponerlos en contacto con él, para que pudiera darles la seguridad y la confianza necesaria para vivir plenamente sus vidas.

El primer paso sería convencer a Ethan, claro, aunque pensó que lo mejor sería dejarlo para otro momento. Ahora tenía que tratar de convencerlo para que se involucrara plenamente en el proyecto.

Con esa idea en mente, se acercó a él y lo llevó hasta una ventana.

–Ethan, te necesitamos –dijo ella, con la voz bastante recuperada gracias a la taza caliente de zumo de limón, miel y canela que acababa de tomar.

–Puedes hablar –se sorprendió él.

–Sí, por suerte me está volviendo la voz –confirmó ella en un susurro para no forzar la voz.

–¿Perdona? –dijo él bajando la cabeza y pegándole prácticamente el oído a los labios–. Tendrás que hablar más alto, no se te entiende bien –bromeó a la vez que notaba el aliento femenino en la cara.

–Ethan, te necesitamos, y no sólo para que aparezcas por aquí de vez en cuando –continuó ella seria.

–Ah...

Ethan sonrió al recordar la casa que había comprado no muy lejos de allí. Iría a visitar a Savannah, sí, ya lo tenía decidido, pero lo que ella proponía era impensable. No podía permitir que los jóvenes vieran sus cicatrices y dejaran de pensar en el juego.

–De eso no quiero ni hablar –le interrumpió él, dando el tema por zanjado.

–No –repitió él más tarde cuando Savannah le contó sus planes apoyada en la valla blanca que rodeaba la nueva sede del club–. ¿Cuántas veces tengo que repetirte que no?

–Todas las que te pregunte, hasta que aceptes –dijo ella sin echarse atrás.

–Savannah, te lo advierto, no sucumbo a las presiones.

–Alguna vez sí –susurró ella con descaro, mirándolo seductoramente y haciéndole recordar su primera noche.

–¿No sabes que estás jugando con fuego? –le advirtió él, y vio cómo se le dilataban las pupilas.

–¿Tú crees? –preguntó ella, ladeando la cabeza, utilizando unas tácticas de las que debería sentirse avergonzada.

Ethan la atrajo contra él y la besó apasionadamente.

–Aunque tengo que reconocer –continuó ella casi sin aliento cuando Ethan la soltó–, que cuando el fuego tiene que ver contigo prefiero que estemos solos.

Varios jugadores en chándal pasaron delante de ellos con un grupo de niños en dirección al campo de rugby y los saludaron cordialmente. Cuando se alejaron, Ethan tomó a Savannah de la mano y tiró de ella.

–¿Adónde me llevas?

–A algún lugar donde podamos hablar en privado y sin interrupciones.

–Qué buena idea –murmuró ella.

Pasándole un brazo por la cintura, Ethan echó a andar hacia un prado de hierbas altas que rodeaba la granja.

—Bueno, creo que aquí podremos hablar —dijo ella cuando llegaron a un claro de vegetación rodeado de arbustos.

—Tú puedes hablar todo lo que quieras.

—Ethan...

Amor, satisfacción e inimaginable felicidad, además de un agradable prado recién regado por la lluvia.

—Menos mal que estás debajo de mí —murmuró ella medio adormecida más tarde.

—No quería que te mancharas de hierba tu bonito chándal nuevo —dijo Ethan burlón.

—Tranquilo, ya ha vuelto a salir el sol y enseguida se secará —dijo ella recorriendo los labios masculinos con la punta del dedo y pensando si aquél sería el momento para plantearle su idea.

—Habla —dijo él, sabiendo que quería decirle algo.

—¿Que hable de qué? —preguntó ella con expresión de inocencia.

—Aunque te conozco desde hace poco, cuando pones esa cara sé que estás dándole vueltas a algo.

No estaba equivocado.

Savannah titubeó un momento y después decidió lanzarse de cabeza. Saliendo de su abrazo, se sentó y dobló las rodillas. Lo cierto era que sus planes para Ethan no se limitaban a esporádicas sesiones de entrenamiento, sino que su intención era lograr que jugara un papel mucho más importante.

—He pensado —empezó ella apoyando la cabeza en

las rodillas– que podrías formar parte del programa de entrenamiento, algunas horas a la semana, no a jornada completa claro –se apresuró a añadir al ver el cambio de expresión en el rostro masculino–. Junto con algunas apariciones públicas para levantar la moral de los chicos y animar los partidos.

Ethan terminó de abrocharse el cinturón y se puso en pie.

–¿Qué ha sido esto? ¿Una encerrona? –preguntó él molesto–. ¿Para eso me ha traído aquí?

–No sólo –reconoció ella con sinceridad.

–Bueno, al menos tienes la decencia de ruborizarte –comentó él secamente.

–Aún no me has respondido –insistió ella.

–Te respondo ahora mismo –dijo él. Alargó la mano y la ayudó a ponerse en pie–. Mi respuesta sigue siendo no. ¿Cómo quieres que deje ver mis cicatrices a esos chicos? No verán otra cosa y serán incapaces de concentrarse en el juego.

Savannah le tomó las dos manos y lo miró a los ojos.

–¿Y si trajéramos a chicos lesionados, a jóvenes desfigurados como tú, lo harías? ¿Los entrenarías y los harías sentir que su vida merece la pena?

Ethan frunció el ceño. Aquello sí que no lo esperaba y la sugerencia de Savannah lo conmovió profundamente. Sólo ella podía emocionarlo tanto.

–Lo pensaré –prometió él callándola de nuevo de la mejor manera que sabía. Cuando la soltó, preguntó–: ¿Y ahora? ¿Dejarás de insistir?

–Claro que sí –respondió ella–. En cuanto aceptes.

Capítulo 19

DURANTE el resto del día Savannah y Ethan ejercieron el papel de anfitriones con sus invitados. Formaban un buen equipo, pensó Savannah sonriéndole desde el otro extremo del vestíbulo del club. Empezaba a pensar que él accedería a sus planes de entrenar a un equipo de jóvenes, y eso la llenaba de satisfacción.

Cuando todos empezaron a marcharse, Ethan se acercó a ella, le tomó las manos y se las llevó a los labios. Consciente de que sus padres los observaban desde el otro extremo de la sala, Savannah suspiró de placer cuando él le rozó las mejillas con los labios.

—Ha sido un día maravilloso, Savannah —dijo él—. Muchas gracias.

—No ha sido nada —murmuró ella.

—Quiero darte las gracias en nombre de todo el mundo, y prometo pensar seriamente en tu sugerencia.

Aquello sonaba sospechosamente a una negativa y la sonrisa femenina se desvaneció.

—No vas a hacerlo, ¿verdad?

—Soy el patrocinador y ya he hecho un importante donativo —se defendió él.

—Pero necesitamos tu colaboración personal —insistió ella.

Había algo más, se dio cuenta ella. Algo que no le estaba contando y que continuaba torturando su alma.

–Necesitan tu magia –continuó ella–. Mira a tu alrededor.

Un grupo de jóvenes se arremolinaba alrededor del capitán del equipo, pero todos miraban a Ethan con admiración.

–Te necesitan. Sólo unas horas de tu tiempo, Ethan.

–Ya conoces mi postura.

–No, no la conozco –exclamó ella–. ¿Hablas de las cicatrices? Tus cicatrices es lo que menos les importa. Dime, ¿qué más te lo impide?

Ethan entrecerró los ojos con suspicacia.

–¿Qué te hace pensar que hay algo más?

–Te conozco, Ethan.

No podían continuar con aquella conversación rodeados de gente y Ethan tomó a Savannah de la mano y la sacó de la casa. Sin soltarla, la llevó hasta el granero y una vez en el interior cerró la puerta desde dentro.

–Esta vez yo hablo y tú escuchas –dijo él plantándose delante de ella–. Vivo mi vida procurando que no afecte negativamente a nadie.

–Querrás decir que estás anclado en el pasado y no quieres mirar hacia el futuro, ¿no?

–¿Qué te has creído? Tú no me conoces...

–Lo suficiente para preocuparme por ti y desearte lo mejor.

Los ojos de Ethan se ensombrecieron con el reflejo de una verdad tan terrible que Savannah casi prefirió no haber insistido.

–¿Qué pasa, Ethan? –Savannah levantó una mano y le acarició la cara–. Cuéntamelo.

Ethan apartó la cabeza.

Los dos sabían que aquella vez no se refería a las cicatrices.

Tras un largo silencio Ethan se encogió de hombros. Su mirada se perdió en algún punto del granero, y por fin reveló su secreto más terrible.

–Mi madre lo sabía –habló en voz tan baja que apenas se oía–. Cuando me recuperé fui a verla para intentar dejar el pasado atrás. Ella era mi madre y yo quise creer que ella no sabía bien lo que llevaba ocurriendo desde hacía mucho tiempo.

Ethan se interrumpió y Savannah sintió tan profundamente su dolor que no necesitaba oír más, pero sabía que era importante que Ethan lo dijera todo en voz alta.

–Lo sabía todo –continuó él–. Lo había sabido todo desde el principio.

Lo que más le dolió a Savannah fue oír la sorpresa en la voz masculina, como si todavía no lo pudiera creer.

–Me dijo que yo era un estorbo, que siempre lo había sido y que se arrepentía de haberme tenido. Y me dijo que no quería volver a verme, cosa que, de verdad, puedo entender.

–¡No! –protestó Savannah sujetándole la mano con firmeza–. No, Ethan, no. Tú no hiciste nada malo, ni entonces, ni de niño ni nunca.

Ahora entendía por qué Ethan lo había mantenido tan guardado en el lugar más recóndito de su ser y a la vez estaba tan presente en su vida. ¿Cómo podía revelar a nadie la traición de su madre? Savannah decidió dejarle muy claro que ella estaba a su lado en todos los sentidos, y eso incluía dejarlo marchar si era lo que él quería.

Claro que antes iba a intentar con todas sus fuerzas dar una última oportunidad a su amor.

—¿Qué mejor manera de enterrar para siempre ese pasado que nuestros planes? ¿Qué mejor triunfo, Ethan?

—¿Nuestros planes? —dijo él volviéndose a mirarla por primera vez en mucho rato.

—Sí, nuestros. Tú y yo juntos podemos conseguir mucho más —declaró ella, y esperó la respuesta con todo el cuerpo en tensión.

—¿Tú crees? —preguntó él mirándola fugazmente de soslayo.

Al menos había logrado llegarle.

—Estoy segura —declaró ella sin un atisbo de duda.

—O sea, que has encontrado una forma de salir de la oscuridad —dijo él con un nuevo destello en los ojos.

Savannah recordó la primera noche juntos en el *palazzo*. Tomándole las manos se las llevó a los labios.

—Lo superaremos juntos —le prometió ella.

—Ya lo he superado —dijo él.

—Entonces no tienes excusa. Te necesito, Ethan, y ellos también.

—Los demás no sé —reconoció él—, pero tú me tienes, Savannah, y para siempre.

—¿Qué quieres decir?

—Quiero decir que te quiero y quiero estar siempre contigo.

Savannah tragó saliva.

–Entonces debo entender que te quedarás.

–Ni un partido de rugby podría apartarme de ti –le aseguró Ethan–. A menos que juegue Inglaterra, claro...

Epílogo

EL SOL brillaba en lo alto del cielo azul de La Toscana italiana, en el que no había ni una sola nube el día que Savannah se casó con Ethan. Periodistas de todo el mundo se habían congregado en la exquisita y antigua ciudad de Florencia para la boda del año.

Para la chica de pueblo, y el magnate al que todos conocían como «El Oso», era un día muy especial. Mientras repicaban las campanas y la multitud vitoreaba a los recién casados, Savannah casi no podía creer que estaba casada con el hombre que adoraba. De pie junto a Ethan en la escalinata de la Catedral de Santa María de las Flores, sólo tenía que mirar la guardia de honor formada por los jóvenes que Ethan entrenaba para saber que los milagros sí existían. Y que los sueños se hacían realidad.

–¿Estás bien? –preguntó Ethan apretándole suavemente el brazo.

Mucho mejor que bien. Ethan era el hombre más maravilloso del mundo que además se había involucrado plenamente con la academia de rugby.

En cuanto a su carrera discográfica, Savannah había firmado la grabación de un nuevo disco así como algunos conciertos en la famosa ópera de Glyndebourne en Sussex, a poca distancia de la nueva casa de Ethan junto a la granja de sus padres.

–Estás preciosa –dijo él.

–Y tú eres el hombre más atractivo del planeta –le aseguró ella.

Ahora las cicatrices internas de Ethan estaban totalmente curadas, y eso era lo que la hacía más feliz.

–Y te quiero –añadió.

–Más que a la vida –terminó él mirándola a los ojos con una sonrisa.

Después le subió el velo de seda que le cubría los hombros desnudos.

–Tápate o no respondo de mis actos –gruñó él mientras los fotógrafos aprovechaban el improvisado posado para realizar cientos de fotografías.

–Si no me tapo, ¿me llevarás a algún lugar donde puedas protegerme como hiciste el primer día? –le preguntó ella.

Savannah logró mantenerse seria hasta que él respondió a la pregunta con un esbozo de sonrisa.

–Sólo con un pequeño cambio.

–¿Cuál?

–Que no perdería tanto tiempo en llevarte a la cama.

–¿Eso es una promesa, marido mío?

–Puedes estar segura, esposa mía –repuso él mientras los flashes seguían disparando.

–En ese caso, puede que tenga que fingir un problema de guardarropa.

–Y yo que te tenga que sentar en mis rodillas y... –Ethan se interrumpió al ver al fotógrafo oficial saltando delante de ellos.

–Sonrían, por favor –les suplicó, indicándoles que necesitaba al menos una pose oficial.

No tuvo que pedirlo dos veces.

Bianca™

*Su atracción prohibida se hizo demasiado intensa
como para resistirse a ella...*

Dominic Montero era terriblemente guapo y resultaba peligroso conocerlo. Cleo lo sabía, pero no podía ignorarlo por completo, ya que él tenía una información que cambiaría su vida definitivamente...

Cleo dudaba sobre qué camino tomar, pero finalmente, accedió a seguir a Dominic a su hogar en San Clemente, una paradisíaca isla del Caribe. Pronto, ambos quedaron atrapados en la tupida red de relaciones de la nueva familia de ella...

*Aventura de amor
en el Caribe*

Anne Mather

Acepte 2 de nuestras mejores novelas de amor GRATIS

¡Y reciba un regalo sorpresa!

Oferta especial de tiempo limitado

Rellene el cupón y envíelo a
Harlequin Reader Service®
3010 Walden Ave.
P.O. Box 1867
Buffalo, N.Y. 14240-1867

¡Si! Por favor, envíenme 2 novelas de amor de Harlequin (1 Bianca® y 1 Deseo®) gratis, más el regalo sorpresa. Luego remítanme 4 novelas nuevas todos los meses, las cuales recibiré mucho antes de que aparezcan en librerías, y factúrenme al bajo precio de $3,24 cada una, más $0,25 por envío e impuesto de ventas, si corresponde*. Este es el precio total, y es un ahorro de casi el 20% sobre el precio de portada. ¡Una oferta excelente! Entiendo que el hecho de aceptar estos libros y el regalo no me obliga en forma alguna a la compra de libros adicionales. Y también que puedo devolver cualquier envío y cancelar en cualquier momento. Aún si decido no comprar ningún otro libro de Harlequin, los 2 libros gratis y el regalo sorpresa son míos para siempre.

416 LBN DU7N

Nombre y apellido	(Por favor, letra de molde)

Dirección	Apartamento No.

Ciudad	Estado	Zona postal

Esta oferta se limita a un pedido por hogar y no está disponible para los subscriptores actuales de Deseo® y Bianca®.
*Los términos y precios quedan sujetos a cambios sin aviso previo.
Impuestos de ventas aplican en N.Y.

SPN-03 ©2003 Harlequin Enterprises Limited

Deseo™

Sólo importas tú

EMILIE ROSE

Supuestamente, Lucas había muerto
once años atrás en el accidente que
había dejado a Nadia en coma el día
de su boda. Entonces, ¿quién era
aquel hombre que había aparecido en
la puerta de su ático, idéntico al que
tanto había amado?

¿Y por qué su inmediato entusiasmo
al encontrar a Lucas vivo, de repente
se convirtió en zozobra al descubrir
las razones por las que había desapa-
recido de su vida?

*Había jurado amarla y respetarla, pero su
nuevo juramento era de venganza*

De empleada de hogar a esposa de millonario

Michelle Spicer, sencilla y tímida empleada del hogar, siempre ha sabido cuál es su lugar.

Alessandro Castiglione ha encontrado una diversión. Sin su uniforme, y desnuda entre sus brazos, Michelle florece ante él...

Deshonrada y abandonada con el bebé que ahora lleva dentro, Michelle vuelve a su lluviosa Inglaterra. Hasta que el magnate toscano decide volver a saborear sus encantos...

El hombre de la Toscana

Christina Hollis